KB252269

우리 겨레의
미학 사상

청소년들아, 옛 선비를 만나자

우리 겨레의 미학 사상

최행귀 외 글 | 박종호 다시쓰기

보리

차례

1부 시는 하늘에서 나오거늘

2부 무릇 글을 쓰려면

3부 나무꾼과 아낙네의 노래

4부 참다운 시는 자기 목소리를 낸다

5부 시대를 노래하라

우리 고전 깊이 읽기

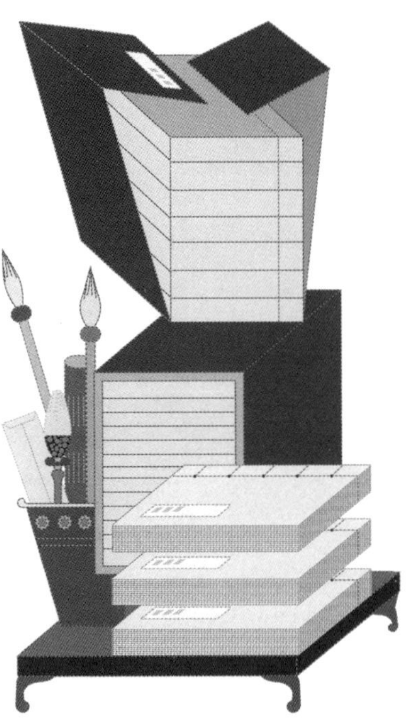

1부 시는 하늘에서 나오거늘

우리 시와 중국 시

— 최행귀[*]

한시를 중국 말로 지으려면 5언 7자로 갈고 쪼아야 하고 노래를 우리 말로 지으려면 3구 6명[*]으로 끊고 갈라야 한다.

두 나라의 시가가 음률로 보면 서로 아주 멀어서 분별하기 쉽지만 이치로 보면 저마다 특성을 가지고 있어서 어느 것이 더 좋고 나쁘다고 할 수 없다. 비록 문장의 칼날을 서로 겨누어 싸울지언정 진리의 바다로는 다 같이 돌아간다. 그들이 저마다 제자리를 차지하고 있으니 무엇이 하찮을까.

— '보현십원가를 옮기며'에서, 《균여전》

[*] 최행귀는 나고 자란 연대를 알지 못한다. 고려 초 광종 때 사람으로 중국에서 공부하고 돌아와 한림학사 내의승지 벼슬을 했다. 균여대사가 쓴 향가 '보현십원가' 11수를 한문으로 옮기고 서문을 썼는데, '향찰'이라는 말을 처음 썼다.

[*] 3구 6명은 10구체 향가의 특징으로, 내용상 세 구로 나뉘며 한 구를 여섯 자로 만든다는 뜻으로 보인다.

마음의 샘에서 흐른다

―이인로[*]

이 세상 모든 사물 가운데 귀천과 빈부를 기준으로 높고 낮음을 정하지 않는 것은 오직 문장뿐이다. 훌륭한 문장은 마치 해와 달이 하늘에서 빛나는 것과 같다. 구름이 허공에서 흩어지거나 모이는 것을 눈이 있는 사람이면 보지 못할 리가 없어서 감출 수 없다.

그리하여 가난한 선비라도 무지개같이 아름다운 빛을 후세에 드리울 수 있으며, 아무리 부귀하고 세력 있는 자라도 문장에서는 멸시당할 수 있다.

✻

전에 중국 송나라 시인 황정견이 시를 논하면서 옛사람 시문의 뜻을 그대로 따서 자기 말로 삼은 것을 '환골'이라 하였다. 또 옛사람 시문의 뜻을 본뜨고 분칠해서 자기 것으로 삼은 것을 '탈태'라고 하였다[*]. 이것

[*] 이인로(1152~1220)는 고려 문벌 귀족 출신이지만 일찍 부모를 잃고, 승려가 그를 거두어 길렀다고 한다. 19세 때 정중부의 난이 일어나자 몸을 피해 승려가 되었다가 환속하여 벼슬길에 올랐다. 시와 문장에 뛰어나 이름을 떨쳤다. 막힘없이 글을 잘 지어 배 속에 원고가 들어 있다는 뜻으로 '복고'라는 별명을 얻기도 했다. 《파한집》이 전한다.

은 비록 남의 것을 통째로 삼키는 것과는 큰 차이가 있으나 결국 남의 것을 교묘하게 표절한 데 지나지 않는다. 어찌 창발성(남이 하지 않은 것을 처음으로 또는 새롭게 이루는 일)을 발휘하여 옛사람이 이르지 못한 경지를 개척하였다고 할 수 있을까.

✽

사람의 재주는 그릇과 같아서 모나고 둥근 것을 함께 갖출 수는 없다. 그런데 세상에는 우리 이목을 끄는 사물과 현상이 너무 많다. 만일 재능이 뜻과 일치하지 않으면 둔한 말이 천 리 길에 올라서 아무리 채찍질을 해도 멀리 달리지 못하는 것과 같다. 그러므로 옛사람은 뛰어난 재주가 있더라도 함부로 붓을 들지 않고 반드시 갈고 닦은 뒤에야 무지개처럼 빛나는 재주를 먼 후대에까지 전할 수 있었다.

✽

옛날과 지금 시인들이 쓰는 탁물우의* 수법을 견주어 보면, 이규보와 임춘* 두 시인이 꾀꼬리를 읊은 작품이 당초에 서로 약속한 것이 아니건만 그 내용이 매우 구슬퍼서 마치 한 사람 입에서 나온 것 같다.

* 황정견(1045~1105)은 중국 북송의 시인. 환골탈태는 뼈대를 바꾸고 태를 바꾼다는 뜻이다. 황정견은 "시의 뜻은 끝이 없는데 사람의 재주는 한이 있다. 한이 있는 재주로 무궁한 뜻을 쫓을 수 없다. 그 뜻을 바꾸지 않고 말을 만드는 것을 환골법이라 하고, 그 뜻을 본받아 형용하는 것을 탈태법이라 한다."고 했다.
* 탁물우의는 사물이나 현상을 빌어 뜻을 표현하는 일.
* 이규보와 임춘은 고려 시대 문장가. 임춘은 18쪽, 이규보는 20쪽 참고.

시는 마음의 샘에서 흐른다는 말이 맞다.

❋

시인들이 시를 짓는 데 고사를 많이 인용하는 것을 '점귀부(죽은 사람의 이름을 적은 장부)'라 한다. 이상은이 고사를 인용하면서 어렵고 괴벽한 것을 썼는데 이를 '서곤체(중국 송나라 초기에 유행한 한시체)'라 하였다. 이것은 모두 문장의 한 가지 병이다.

요즘 소식*과 황정견이 그 법을 따라 숭상하면서도 시어를 잘 다듬어서 전혀 손질한 흔적이 없기 때문에 선배들을 넘어섰다고 할 만하다.

— 《파한집》에서

---

* 소식(1036~1101)은 중국 북송 시대 시인이자 문장가. 호는 동파.

글쓰기에서 가장 중요한 일

— 임춘[*]

배우는 사람은 마땅히 자기 역량에 따라 알맞게 쓸 뿐이다. 억지로 남을 본떠서 자기 개성을 잃어버리지 않도록 하는 것이야말로 글쓰기에서 가장 중요하다.

— '이인로에게 보내는 편지'에서, 《서하집》

[*] 임춘은 고려 의종 때 태어나서 30대 후반까지 살았던 것으로 추정한다. 명문가 출신으로 젊어서 진사시에 합격했으나 무신의 난에 가족을 잃고 홀로 살아 남았다. 벼슬길에 오르려고 했으나 뜻을 이루지 못하고 가난하게 살다가 일찍 세상을 떠났다. 가전체소설 '국순전', '공방전'을 썼다. 호는 서하. 문집 《서하집》이 전한다.

문장 운율이 그리 중요한가

―임춘

요즘 들어 선비를 선발하는 방법이 문장의 운율에 치우치기 때문에 가끔 하찮은 자들이 일이 등에 뽑히고 박학다식한 선비들은 대부분 배척당한다. 이에 사람들이 모두 한탄하며 원통히 여긴다. 나는 이런 폐단이 이미 오래되어 하루아침에 고칠 수 없을 것 같아 걱정이다.

― '황보항에게 보내는 편지'에서,《서하집》

동명왕의 노래*를 기록하며

―이규보*

동명왕에 대한 신기한 이야기는 세상에 널리 전파되어 아무리 어리석고 사리에 어두운 사람이라도 이 이야기만은 잘 할 줄 안다.

나도 일찍 이 이야기를 들었건만 그때는 웃고 말았다. 옛날에 공자는 괴상하고 요란한 귀신 이야기는 하지 않았다 하니, 이것도 역시 황당하고 괴이한 이야기라 우리들이 즐겨 말할 것이 아니라 여겼기 때문이다.

그 뒤에 《위서》와 《통전》*을 읽으니 거기에도 이 이야기가 실려 있는데 내용이 간략하여 그다지 상세하지 못하였다. 자기네 중국 이야기라면 상세히 썼으련만 다른 나라 이야기라 간략하게 쓴 것이 아니겠는가?

계축년(1193) 4월에 《구삼국사》를 구하였는데 그 안에 실린 '동명왕 본기'를 보니 신비로운 사적이 세상에 알려진 것보다 훨씬 더 많았다.

그러나 처음에는 역시 믿기지 않아 그저 괴상하고 황당한 이야기려니 하였다. 그러다가 여러 번 거듭 읽으면서 참뜻을 생각하고 그 근원을 찾아보니, 이것은 황당한 것이 아니요 성스러운 것이며, 괴상한 것이 아니요 신비로운 것이었다. 하물며 나라의 역사는 정직한 필치로 기록한 것이니 무슨 거짓이 있겠는가?

김부식* 공이 다시 《삼국사기》를 편찬하면서 동명왕의 사적을 자못 간략하게 다루었는데, 공은 아마 국사가 세상을 바로잡는 글인지라 이상한 이야기를 기록하여 후세에 전하는 것은 옳지 않은 일이라고 여긴 모양이다.

《신당서》(중국 당나라 역사책)의 ‘현종 본기’와 ‘양귀비전’을 살펴보면 거기에는 고대에 방사*가 신들과 서로 통하느라 하늘과 땅을 오르내렸다는 이야기가 없는데, 시인 백거이는 그 이야기가 희미하게 사라질까 두려워하여 ‘장한가’를 지어 그 사연을 밝혀 두었다. 실상 그 이야기야 거칠고 음탕하고 황당한 것이지만 그래도 시로 노래하여 뒷세상에 전하였거늘 하물며 우리 동명왕 이야기랴. 동명왕 이야기는 변화무쌍하고 신비한 것으로 사람들 마음을 현혹하려는 것이 아니라, 실로 우리나라를 처음 열던 때의 신성한 자취를 나타내려 한 것이다.

이러하니 이것을 기록해 두지 않으면 뒷세상 사람들이 어떻게 알 수 있겠는가. 그러므로 내 노래로 이 사적을 기록하니 우리나라가 본디 성

* 김부식(1075~1151)은 고려 때 학자이자 정치가. 1145년에 《삼국사기》를 편찬하였다.
* 방사는 고대의 도가들이 말하는 세상의 신비로운 이치를 알며 신선의 술법을 닦는 사람.

인이 이룩한 나라임을 온 세상에 알리고 싶어서다.

— '동명왕편 머리말', 《동국이상국집》

아홉 가지 마땅하지 않은 문체

—이규보

시는 뜻이 기본이다. 구상이 어렵고 묘사는 둘째로 어렵다. 구상은 또한 그 사람 기(氣)가 높고 낮은 데 따라 깊고 얕은 것으로 구별된다. 그런데 기란 바탕에서 말미암은 것이요 배워서 되는 것이 아니다. 그러므로 기가 졸렬한 사람은 시구를 다듬어 맞추는 데만 힘쓰고 시상을 앞세우지 못한다. 이렇게 지은 작품은 조각한 듯한 문장과 그려 낸 듯한 시구가 참으로 아름답기는 하다. 그러나 깊고 함축된 시상이 없으면 처음 보기에는 잘된 듯하나 다시 음미하면 아무런 맛도 없어지고 만다.

그러니 운을 달아 보다가 시상을 잡는 데 방해가 되거든 운자를 고치는 것이 옳다. 또한 먼저 생각한 구절에 다음 구절로 짝을 맞추기 어려워 오랫동안 생각해도 시상이 떠오르지 않을 때에는 먼저 구절을 아끼지 말고 버리는 것이 옳다. 왜냐하면 한 구절을 가지고 그렇게 오래 생각할 시간이면 오히려 전편을 지을 수도 있기 때문이다. 어찌 한 구절을 아껴서 전편을 지체하겠는가. 그러다가 시간이 급박하게 된 뒤에 바삐 서두르면 더욱 군색해질 뿐이다.

그러므로 시를 구상할 때 외곬으로만 깊이 파고들면서 돌아설 줄 모르면 빠지게 되고, 빠지면 고착되고, 고착되면 미혹되고, 미혹되면 통하지 않게 된다. 오직 자유로이 드나들고 오고 가면서 좌우전후를 잘 살피어 변화를 마음대로 해야 걸리는 데가 없이 원만하고 능숙한 경지에 이를 수 있다. 앞 구절의 흠을 뒤 구절로 보충하기도 하고 글자 하나로 한 구절이 완전하게 되는 것을 도울 수도 있으니, 깊이 생각해야 한다.

시의 품격에 대해 말한다면, 순전히 맑고 소박한 것으로만 문체를 삼으면 이는 산골 사람의 품격이다. 곱고 아름답게만 한 편을 모두 꾸미면 이는 궁에 사는 하인의 품격일 뿐이다. 오직 맑고 새롭고 웅건하고 호방하고 곱고 아름답고, 그러고도 평범하고 담박함을 다양하게 섞어 쓴 다음에야 제대로 갖추어져서 남들이 한 가지 문체로 이름 붙이지 못한다.

시에는 아홉 가지 마땅하지 않은 문체가 있으니, 이는 내가 깊이 생각하여 깨닫게 되었다. 시 한 편에 옛사람 이름을 많이 인용한 것은 수레에 귀신을 가득히 실은 문체다. 옛사람 구상을 훔쳐 쓰는데 도적질을 능숙하게 했다 해도 옳지 않거니와 그 도적질조차 서투르게 한 것은 서투른 도적이 쉽게 잡히는 문체다. 어려운 운을 근거 없이 억지로 단 것은 큰 활을 잘 당기지도 못하는 문체다. 자기 재주를 헤아리지 못하고 운자를 정도에 지나치게 내는 것은 술을 지나치게 취하도록 마신 문체다. 어려운 글자를 즐겨 써서 사람을 미혹하는 것은 구덩이를 파 놓고 눈먼 이를 인도하는 문체다. 남의 글을 인용하여 말이 순하지 못한데도 애써 인용하는 것은 억지로 남을 따르게 하는 문체다. 상스러운 말을 많이 쓰는 것은 촌 늙은이들의 이야기 문체다. 꺼려야 할 문구를 함부로 쓰는 것은 존경할 사람을 업신여기는 문체다. 거친 시구를 다듬지 않는 것은 밭에 가라지가 가득히 우거진 문체다. 이런 마땅하지 않은 문체들을 극복한 뒤라야 더불어 시를 이야기할 수 있다.

누가 자기 시의 결점을 지적하거든 받아들일 만한가를 살펴야 한다. 그의 말이 옳으면 받아들이고 옳지 않으면 내 뜻대로 하면 된다. 구태여 듣기부터 싫어하여 마치 임금이 신하가 간하는 말을 듣지 않고 끝내 제 허물을 고치지 못하듯이 하겠는가.

시를 쓴 뒤에는 보고 다시 보되 자기가 쓴 것이 아닌 것처럼 보아야 한다. 남의 것처럼 보되 평생 몹시 미워하는 사람의 시로 생각하고 흠을 찾도록 노력해야 한다. 그래도 결점을 찾을 수 없이 된 뒤에 세상에 내놓아야 한다. 이것은 시만 그런 게 아니라 산문도 그러하다. 더구나 고시*처럼 유려한 문장으로 구절을 조직하고 운을 다는 것은 더욱 그렇다. 우선 시상이 넉넉하면 시어도 자유로워 거침이 없다. 그러므로 시나 산문이나 그 법은 한가지인가 한다.

— '시상의 미묘함을 논한다'에서, 《동국이상국집》

---

* 고시는 한시 가운데 압운과 음의 고저를 맞추지 않고 글자 수에도 제한이 없는 형식의 시.

새 뜻을 새 말에 담으니

―이규보

서적이 점점 많아지는 것은 뒷세대에게 도움을 주려고 하는 것입니다. 만일 서로 본뜨기만 하면 이는 한갓 탁본[*]에 지나지 않고, 종이와 먹을 허비할 뿐입니다. 그대가 참신한 내용을 귀히 여기는 까닭도 여기에 있다고 생각합니다.

옛 시인들이 새로운 뜻을 만들어 썼을 때도 시어를 익숙할 정도로 썼습니다. 그들이 힘써 옛 성현의 글을 읽어 모두 마음에 새기고 입에 익숙하게 하지 않은 것이 없기 때문입니다. 그래서 시를 지을 때 이것저것 마음대로 인용하므로 비록 시와 산문이 서로 다르더라도 글자를 써서 말을 만드는 법은 한결같으니, 어찌 말이 원숙하지 않겠습니까.

그러나 저는 옛 성현의 글에 익숙하지 못할 뿐 아니라 또한 옛 시인의 문체 본뜨는 것을 부끄럽게 여깁니다. 문장을 갑자기 쓰려고 하면 미리 쌓아 놓은 것이 없기 때문에 반드시 새 말을 만들게 되어 어색하고 우스운 때가 많습니다.

---

[*] 탁본은 비석, 기와, 기물 따위에 새겨진 글씨나 무늬를 종이에 그대로 떠내는 것. 또는 그렇게 떠낸 종이.

옛 시인들은 내용은 창조하나 말은 만들지 않았지요. 그렇지만 저는 내용과 말을 둘 다 만들면서 부끄럽게 여기지도 않으므로 사람들은 눈을 흘기며 배척하고 있습니다. 그런데 그대는 어찌하여 저를 이렇듯 지나치게 칭찬하십니까.

아, 세상 사람들은 너무도 눈이 어두워서 도적의 물건이라도 볼만한 것이면 바로 좋은 구경거리라고 덤벼들 뿐입니다. 누구도 그 물건이 어디서 왔는지 따지는 이가 없습니다. 만일 수백 년 뒤에 그대 같은 이가 있어서 참과 거짓을 판단한다면 남의 글을 훔친 것은 도적으로 잡힐 것입니다. 아울러 지금은 낯선 제 말이 도리어 그대가 칭찬한 것처럼 아름답다고 여겨질지도 모릅니다.

— '전이지의 글에 대답한다'에서, 《동국이상국집》

시인의 신령스러운 힘

—이규보

문장의 찬란한 문체와 시의 왕성한 기운은 다 사람이 빚어낸다. 문장과 시의 조화는 아름답게 수놓은 비단 무늬 같고 웅장하게 드높이 솟은 절벽 같다. 펴지거나 말리며 붉거나 푸르러 마치 어지럽게 설레며 뭉치기도 하는 것이 흩어지는 구름과도 같다.

문장이 천태만상으로 바뀌는 것은 참으로 신령스럽고 괴이하다고 할 만하다. 신령스럽다는 말은 사람이 만드는 것이고, 문장 솜씨가 사람을 신령하게 만드는 것은 아니다. 사람은 문장 솜씨가 아니고는 신령함을 나타낼 수 없다.

뿔 없는 용은 구름을 일으키지 못하고 오직 신령한 용이 구름을 일으킨다. 그러므로 구름이 용을 신령하게 만드는 것이 아님이 확실하다. 그러나 용이 구름을 타지 못하면 그 신령함을 나타내지 못한다.

사람이 변변하지 못하고 졸렬하면 문체와 시의 기운을 표현하지 못하고, 오직 뛰어난 재주가 있는 사람이 문체와 시의 기운을 제대로 표현할 수 있다. 또한 문장이 사람을 신령하게 하는 것이 아님이 확실하다. 그러나 사람도 문장에 의존하지 않고는 그 신령함을 나타내지 못한다.

그러므로 용이 구름을 타고 시인이 문장으로 조화 부리는 능력은 꼭 같은 것이다.

— '한유의 잡설 끝에 쓴다'에서, 《동국이상국집》

시 귀신을 몰아내는 글

—이규보

무릇 흙이 쌓인 높은 언덕과 물이 막힌 깊은 물웅덩이와 그 밖에 나무와 돌과 집과 담장은 다 이 세상에서 무정한 물건들이다. 그러나 여기에 귀신이 붙으면 괴상하고 요사스러운 일이 생긴다. 그러면 사람들은 그것을 미워하고 꺼려서 저주하며 몰아낸다. 심하면 언덕을 파헤치고 물웅덩이를 메우며 나무를 베고 돌을 깨며 집을 헐고 담을 무너뜨리고 만다.

사람도 이와 같다. 처음에는 그 바탕이 투박하여 꾸밈이 없으므로 순후하고 정직하지만 한번 시에 빠지면 요사한 견해와 괴이한 말로 사물을 희롱하여 사람을 어리둥절하게 하니 놀라운 일이다.

이것은 다른 까닭이 아니요, 오직 시 귀신이 붙었기 때문이다. 그러므로 나는 시 귀신의 죄를 들추어 그를 몰아내려 한다.

"사람이 처음 세상에 생겨나던 때에는 그대로 바탕이 소박하여 꾸밈이 없는 것이 마치 피기 전 꽃봉오리 같고, 총명함이 가려져 있는 것이 구멍이 막힌 듯 문이 닫히고 자물쇠가 잠긴 듯하다. 그런 사람에게 마귀 네 놈이 느닷없이 붙으면 자기를 세상에 나타내려 하며 사람들을 현혹시켜, 모든 사물을 칠하여 그 빛을 바꾸기도 한다. 또 번개가 번쩍거리듯이 강조하기도 하고 묵살하기도 한다. 또 인형을 놀리듯 탈춤을 추듯 기괴한 것을 꾸며 내며, 쓸쓸할 만큼 고요하기도 하고 분주할 만큼 떠돌기도 한다. 그러다 아첨할 때는 몸에 뼈가 없는 듯이 굽실거리며, 성내어 소리칠 때에는 바람이 부딪치고 풍랑이 일게 만들기도 하는가.

세상에서 너를 장하다 하지 않는데 어찌 그처럼 날뛰며, 남들이 네 공을 인정하지 않는데 왜 그다지도 찧고 까부느냐. 이것이 네 첫째 죄다.

땅은 항상 고요하고 하늘은 형언하기 어려울 만큼 아득하다. 알듯 모를 것이 하늘 이치요, 보일 듯 볼 수 없는 것이 신명이다. 구별이 분명하지 않고 넓고 캄캄하며 이치는 심오하여 나타나지 않는 곳에 있어 자물쇠가 잠긴 듯하다. 너는 이것을 생각지 않고 깊은 데를 들이파고 신비한 것을 파헤쳐 기밀을 누설하되 그칠 줄을 모른다. 여기에 다달이 병이 들며 마음을 꿰뚫어 세상을 놀라게 하니, 신명은 못마땅하게 여기고 하늘은 불평하여 너 때문에 사람의 생활은 각박하게 되었다. 이것이 네 둘째 죄다.

구름과 노을의 아름다움, 달과 이슬의 순수함, 벌레와 물고기의 기이함, 새와 짐승의 이상함, 그리고 움트고 꽃 피는 초목의 천만 가지 현상이 온 천지를 장식한다. 너는 그것을 서슴지 않고 닥치는 대로 취하며 열에 하나도 남김없이 보는 대로 읊는다. 웅긋중긋한 삼라만상을 네 붓끝으로 옮기지 않은 것이 없으니, 검소하지 못한 것을 하늘과 땅도 싫어한다. 이것이 네 셋째 죄다.

네 비위에 거슬리면 곧바로 공격부터 하니 무슨 무기와 무슨 보루를 가졌느냐. 반가운 사람이면 곤룡포 없이도 훌륭하게 꾸며 주고 미운 사람이면 칼 없이도 해치는구나. 네 무슨 도끼를 가졌기에 싸우고 죽이기를 네 마음대로 하며,* 네 무슨 권세를 잡았기에 상 주고 벌주기를 함부로 하느냐. 네 높은 벼슬자리에 있지도 않으면서 나라 일에 관여하며, 네 광대도 아니면서 만물을 조롱하여 뱃심 좋게 뽐내며 거만하게 노니, 누가 너를 시기하지 않으며 누가 너를 미워하지 않겠는가. 이것이 네 넷째 죄다.

네가 사람에게 붙으면 마치 병든 사람 같아서 목욕을 싫어하며 머리 빗기를 게을리하고 수염이 빠진다. 또 몸이 파리해져서 신음 소리를 내고 이맛살을 찌푸리게 되며 정신이 흐려지고 가슴앓이를 하게 되나니, 너는 온갖 근심의 중매쟁이요 화평을 해롭게 한다. 이것이 네 다섯째 죄다.

이 다섯 가지 죄를 지고 어찌하여 사람에게 붙느냐. 조식*에게 붙어서 형을 업신여기게 해 하마터면 죽을 뻔하게 하였으며, 이백*에게 붙어서 뱃전에 걸터앉았다가 미친 증세가 일어나 강물에 빠지게 하

---

* 옛날 중국에서는 왕이 장수에게 특별한 권리를 맡기는 표시로 도끼를 주었다.
* 조식은 중국 위나라 시인. 형 조비(문제)의 견제를 받았다.
* 이백 (701~762)은 중국 당나라 시인. 채석강에서 뱃놀이를 하다가 술이 취하여 강물에 비친 달을 건진다고 뛰어들어 빠져 죽었다.

니 세상에서는 '달 잡으러 갔다' 하나 강물은 아득하여 지금까지도 소식이 없다. 두보*에게 붙어서 높은 이의 미움을 받아 벼슬길에서 물러나 초라한 행장으로 객지를 헤매다가 억울하게 뇌양에서 객사하게 만들고, 이하*에게 붙어서는 괴이하고 허탄하게 만들어 재주가 세상과 짝이 되지 못하여 일찍 죽게 하였다. 유우석*에게 붙어서 권세 있는 이와 임금과 가까운 이들을 비방하다가 출세 길이 막혀서 한번 꺼꾸러지자 회복하지 못하게 하였다. 유종원*에게 붙어서 화를 자초하여 유주로 귀양 가서 영영 돌아오지 못하게 하였으니, 누가 그런 불행한 일을 꾸몄던가.

한심하다, 너 시 귀신아. 네 모양이 어떻게 생겼기에 예부터 지금까지 몇 사람이나 해쳤더냐. 이제 나한테 와 붙으니 네가 온 뒤로는 온갖 것이 어렵고 귀찮아져서 까맣게 잊은 듯 멍하고 어리석은 듯하며 벙어리 같고 귀머거리 같다. 또한 몸을 가누지 못하고 걸음을 휘적거리며 시장한 것도 목마른 것도 모르며 찬 것도 더운 것도 모른다. 게으른 여종과 고집스런 사내종을 단속하지 않아서 텃밭이 묵어도 김매지 않으며, 집이 쓰러져도 바로잡지 않으며 구차히 사는 것도

---

* 두보(712~770)는 중국 당나라 시인. 본디 정치에 참여하고자 했지만 여러 사건으로 물러났다. 고통받는 백성들 삶을 시로 담아냈다.
* 이하(791~817)는 중국 당나라 시인. 죽음, 귀신과 영혼을 소재로 쓴 시가 많다. 스물일곱에 일찍 세상을 떠났다.
* 유우석(772~842)은 중국 당나라 시인. 정치 개혁을 하려 했으나 실패하여 지방 관리로 좌천되었다.
* 유종원(773~819)은 중국 당나라 시인, 문장가. 유우석과 함께 정치 개혁 운동을 하다 실패하여 지방 관리로 좌천되었다

다 네가 부른 것이다. 재산이 많고 벼슬이 높은 것을 업신여기며, 방자하고 거만하여 언성을 높여 겸손치 못하며 면박하여 남의 비위를 맞추지 못하며, 여색에 쉬이 유혹당하며 술을 만나면 행동이 더욱 거칠어지니, 이것이 다 네가 그렇게 만든 것이다.

어찌 내 마음이겠느냐. 호언장담하니, 내 그 때문에 너를 미워하며 저주하여 몰아 보내려 하는 것이니, 너 속히 도망하지 않으면 너를 찾아내어 베리라."

이날 밤에 피곤하여 자리에 누웠을 때에 베갯머리에서 버스럭버스럭 소리 나는 듯하고 어른거리며 무엇이 보이는 듯하더니 빛깔과 무늬가 찬란한 옷을 입은 자가 다가와서 나한테 말하였다.

"그대가 나를 질책하고 배격하는 것이 어찌 이다지도 심한가. 내 비록 하찮은 귀신이지만 역시 하늘이 아는 터다.

그대가 처음 날 때에 하늘이 나를 보내 그대를 따르라 하였으므로 그대가 아직 벌거숭이일 때에는 그대 집에 숨어 떠나지 않았다. 그대가 어려서 쌍상투(머리를 둘로 갈라 틀어 올린 상투)한 때에는 기회를 엿보았다. 또 그대가 성년이 된 때에는 늘 그대 뒤를 따르면서 그대의 기운을 웅장하게 하고 그대의 문장을 화려하게 꾸며서 과거를 볼 때마다 급제하게 만들었다. 그리하여 명성이 사방으로 퍼져서 하늘과 땅을 뒤흔들어 벼슬아치와 귀족들이 그대 얼굴을 보려 한다. 이것은 내가 그대를 적지 않게 돕고 하늘이 그대를 한량없이 후하게 돌보아 준 것이다.

다만 말하는 것이며 몸가짐이며 여색을 좋아하고 술을 즐기는 것은 그것대로 다 까닭이 있는 일이지 내가 주관하여 그리된 것이 아니다. 그대 어찌 삼가지 않고 미친 듯이 어리석고 바보같이 하는가. 이것이야 그대 허물이지 어찌 내 허물인가."

이에 귀신 말이 옳고 내 말이 그르다는 것을 깨닫고, 부끄럽고 겸연쩍은 표정으로 시 귀신에게 허리를 굽혀 절하고 그를 맞아 스승으로 삼았다.

— '시 귀신을 몰아내는 글', 《동국이상국집》

시의 뜻은 하늘에서 나오거늘

—이규보

시 짓기란 참으로 어려운 것

말과 뜻이 아울러 아름다워야 하느니.

뜻이 함축되어 깊고 깊어야

씹을수록 그 맛이 순전해지느니.

뜻만 드러나고 말이 원활치 못하면

깔깔해서 뜻이 잡히지 않나니.

그중에서도 끝으로 돌릴 것은

다듬고 아름답게 꾸미는 것.

아름다움을 어찌 나쁘다 하랴

이를 위해 곰곰이 생각해야 하느니.

그러나 꽃을 따고 알맹이를 버리는 것은

시의 참뜻을 잃게 되는 것이라.

지금껏 많은 시인들이

시의 참뜻을 생각지 않고

겉으로 부질없이 울긋불긋 꾸미며

한때의 기호만을 구하고 있구나.

시의 뜻은 본디 하늘에서 나오거늘

덤빈다고 해서 찾지 못하리.

찾기 어렵다고 지레짐작하고

저마다 화려함만 일삼느니라.

이렇게 사람들을 눈속임하여

빈곤한 뜻을 가리려 하거니

이런 버릇이 이미 자리를 잡아

시 정신이 땅에 떨어졌구나.

걸출한 시인이 다시 나지 않으니

누구와 더불어 옳고 그름을 가려내랴.

내 무너진 터를 쌓으려 하나

흙 한 삼태기도 돕는 이 없네.

시 삼백 편을 외운다 한들

세상을 깨우치는 데 무슨 보람이 있으랴.

제 길을 걸어가는 것 또한 괜찮겠지만

혼자 부르는 노래를 사람들은 아마도 비웃으리.

— 《동국이상국집》

세상을 깨우치는 데 무슨 보람이 있으랴.

제 길을 걸어가는 것 또한 괜찮겠지만

혼자 부르는 노래를 사람들은 아마도 비웃으리.

시를 불사르고

―이규보

내 젊어서 시를 지을 때는

붓을 들어 아무런 의심도 없었노라.

옥과 같이 아름답거니

누가 감히 흠잡으랴 했노라.

훗날 다시 시 묶음을 뒤져 찾아보니

어느 한 편도 좋은 것 없어라.

내 부끄러움을 참을 수 없어

아침밥 짓는 아궁이에 던졌노라.

내년에는 올해 지은 시를

또 이처럼 버려야 하리.

그러기에 어떤 이는

쉰 살이 되어서야 처음 시를 지었다네.

―《동국이상국집》

손득지에게 다시 보내노라

―이규보

예부터 글 짓는 자

구름처럼 많기도 하여

풀과 나무 희롱하여

제각기 노래하나

글귀나 다듬고

말마디나 골라내어

스스로는 신기하다 하련만

읽는 사람 입맛에는 안 맞는다네.

그대가 지은 시는

꽃답고도 풍미 있어

곰 발바닥처럼 맛이 있으니

그 누가 즐기지 않으랴.

아마 옥황상제도

은근히 그대를 궁 안에 불러

은대*에 앉혀 두고

시를 짓게 하고 싶으리.

그대의 자질은 까마득히 높은

천 길 소나무와도 같거니

나 같은 자는 거기 비기면

감아 오르는 칡넝쿨이라고 할까.

문득 일찍 싹 트는 차에 대해

노래를 지었는데

어찌 뜻하였으랴

내 노래 그대 손에까지 들어갈 줄을.

그대의 시를 보니 문득 생각난다

화계 기슭에서 함께 노닐던 일.

옛 생각 가슴속에 스며들어

눈시울이 자꾸만 뜨거워지누나.

그대 노래한 찻잎을

* 은대는 임금의 명을 받아 문서를 쓰는 일을 맡아 하던 관아.

자세히 따지고 살펴보니

그 옛날 남쪽 나라에서

함께 맛보던 바로 그것이로구나.

화계 기슭에서 찻잎 따던

그날 그 광경을 이야기해 보세.

관리들 집집마다 싸다니며

늙은이 젊은이 되는대로 몰아내어

첩첩한 높은 봉우리

아찔아찔 잎을 따서

멀고 먼 서울 길을

어깨로 져 날랐네.

이것은 만 백성의

피와 살이라

그 얼마나 사람을 괴롭혀

찻잎이 여기까지 왔으랴.

그대의 시 한 편 한 구절

사람을 깨우치는 숨은 뜻이 있고

시가 가져야 할 힘과 빛깔이

하나도 빠짐없이 갖추어 있네.

내 한가로운 몸

거리낌 없이 살아가며

한평생 술과

함께 늙자 했네.

술 먹고 취해 자면

이 맛이 제일이라.

무엇 하러 차는 끓여

쓸데없이 물을 축내랴.

일천 가지에서 따 모은 잎이

한 모금에 넘어가는 찻잔에 떠 있다니

생각할수록 억울해라

양반들의 소일거리에

백성들 몰리며 고생하는 것이.

그대 다음날 벼슬하여

간할 자리에 서거든

잊지 말게 내 시 속에

간절한 부탁이 숨어 있음을.

산에 들에 차나무 모조리 불태워

남쪽 백성들 차를 따서

어깨로 져 날라 세금을 바치는

이런 제도는 없애도록 하게.

—《동국이상국집》

두 마리 백로 그림을 노래하노라

—이규보

그 옛날 강남에서

작은 배를 포구에 대었을 때

서리 맞은 꼭두서니 풀이 물에 비치는데

거기 백로 한 쌍 서 있었네.

고요히 푸른 옥색 다리를 들고

흰 깃을 고즈넉이 다듬었네.

이에 내 시구를 다듬느라

오래도록 고심에 잠겼으나

그 모양을 비슷이 그렸을 뿐

진경에는 암만해도 이르지 못했노라.

여기 화공의 솜씨는 능란하여

내가 미치지 못하는 곳에 이르렀구나.

눈은 정기 있고 힘이 있어서

오뚝이 서 멀리 앞을 바라보고

살은 파리하나 뼈가 마디져

일어날 듯 높은 곳을 생각하느니.

그중에도 소리는 그리기 어려운데

우는 모습을 잘도 그렸어라.

내 어찌 시를 쓰는데

한갓 그림 속 운치만 읊을 뿐인가.

그림은 사람마다 갖기 어렵고

시는 어디나 퍼질 수 있으니

시를 읽고 그림을 보는 것이 같아서

시도 또한 영원히 전해지리라.

―《동국이상국집》

시험에 낙방한 그대에게

—이규보

대체로 공부하는 사람이 시험관에게서 시험받는 것은, 비유해 말하면 농사짓는 일과 마찬가지입니다. 만일 혼자 생각으로 하늘의 혜택이 반드시 시기를 맞추지 못한다고 지레짐작한다 쳐 봅니다. 땅의 소출도 반드시 볼 것이 없으리라 의심하고 호미와 낫, 쟁기와 보습 따위 도구를 손질하지도 않고 밭을 갈지도 심지도 않습니다. 그린 뒤에 "농사짓지 못하는 것은 하늘과 땅이 돕지 않았기 때문이지 내 잘못은 아니다." 말하면 옳다고 할 수 있을까요?

반드시 호미와 쟁기를 수리하고 밭을 갈고 부지런히 김을 매 시기를 놓치지 않으려고 애쓰겠지요. 뒤에 하늘이 시기를 맞춰 주지 않고 땅이 심은 대로 길러 주지 않았다면 그것은 하늘과 땅의 허물이요 밭갈이한 사람의 죄는 아닙니다.

지금 그대는 어릴 때부터 글방에서 설경의 쟁기를 갈아* 시험관에게서 시험받았으나 시험관이 알아보지 못하였으니 그것은 시험관이 부끄

---

* 공부하는 것을 농사짓는 데 비유하여 '설경(舌耕)', 곧 혀로 밭을 간다고 했다.

러워할 일이지, 그대가 부끄러워 할 일은 아닙니다.

그대 물러가서 설경의 쟁기를 좀 더 예리하게 갈고 닦아서 눈 밝은 시험관을 기다려 재주를 겨룬다면 아침에 심고 저녁에 추수한 것이 수천 개 창고에 쌓일 것이니, 어찌 풍년이 오지 않으리라고 걱정할까요. 그대는 그저 힘쓰기를 바랍니다.

외기러기 남으로 날고 나뭇잎은 반이나 떨어지는 때에 그대를 보내니 어찌 서글프지 않을 수 있겠습니까.

백운거사가 씁니다.

— '과거에 낙방한 최 선배에게', 《동국이상국집》

시는 느낀 바를 나타내야 한다

─이규보

《서청시화》를 보니 왕안석*의 시를 실었다.

해 질 녘 비바람에

동산 숲이 어두운데

시든 국화 떨어지니

황금이 땅에 가득 찬 듯.

구양수*가 이 시를 보고 말하였다.

"무릇 온갖 꽃이 다 떨어져도 국화는 홀로 가지에 붙은 채 마르는데 어찌 떨어진다 하였는가?"

구양수 말도 또한 크게 그르다고 할 수 없는데, 왕안석이 크게 성내었다.

"이는 《초사》*에 '저녁에 가을 국화 떨어진 꽃잎을 먹는다' 한 것도 모

*《서청시화》는 중국 남송 때 채조가 쓴 책. 왕안석(1021~1086)은 중국 송나라 정치가이자 학자.
*구양수(1007~1072)는 중국 송나라 때 정치가이자 문인.

르는 게다. 구양수가 배우지 못한 허물이다."

나는 여기에 대해 논평한다. 시는 느낀 바를 그대로 나타내야 한다. 내가 일찍이 큰 바람이 불며 모진 비가 올 적에 국화가 떨어지는 것을 보았다. 왕안석의 시에 이미 '해 질 녘 비바람에 동산 숲이 어두운데' 하고 일렀으니, 이는 보고 느낀 대로 나타낸 것이어서 구양수 말에 반대함 직하다. 그러나 구태여 《초사》까지 끌어다 말할 터이면 "구양수가 어찌 이것을 못 보았는가." 하면 좋을 것인데, '배우지 못한 자'라고까지 했으니 이는 너무 심하지 않은가.

구양수가 만일 널리 배우고 많이 들은 자가 못 된다고 하더라도 《초사》가 특별히 보기 어려운 책이 아닌데 구양수가 보지 못했을까. 하물며 구양수는 당대 이름난 선비인데 배우지 못했다고 지적한 것은 너무 심하지 않은가. 나는 왕안석을 점잖은 어른이라고 말할 수 없다.

— '왕안석의 국화 시', 《동국이상국집》

---

*《초사》는 중국 전국시대 초나라 시인 굴원과 그의 제자들의 작품을 모아 엮은 책.

시인이 갖춰야 할 것

—최자*

시는 늘 기운이 살아 있고 언어가 원숙해야 한다. 처음 시를 배울 때부터 기운이 생생해야 장년에 뛰어나게 되며 장년에 기운이 뛰어나야 늙어서도 기운이 호방해진다.

✽

시인은 먼저 언어의 의미를 정확히 파악하고, 고전에서나 대가들이 그것을 어떻게 썼는지를 헤아려 자세히 살핀 뒤에 붓을 들어야 한다. 언어 구사가 정밀하고 힘차야 어려운 기교가 피어날 수 있다. 만일 언어 구사가 정밀하지 못하거나 힘차지 못하면 아무리 뛰어난 감정이나 기운이라도 피어나지 못하고 마침내 옹졸하고 천하며 거칠고 서툰 시 작품이 되고 만다.

* 최자(1188~1260)는 고려 무신정권 때 뛰어난 행정가. 이규보의 추천으로 최씨 정권에서 벼슬을 시작했고, 정권이 무너진 어지러운 시국에 수상을 지냈다. 시문에 뛰어났으며, 이규보의 문학관을 잇고 문학 비평을 본격적인 궤도에 올려놓았다. 《보한집》이 전한다.

*

　예술적 재능이 감정보다 우세할 때, 말은 원숙할 수 있으나 고상한 사상과 감정은 나타나지 않는다. 그런데 감정이 예술적 재능보다 우세할 때는 말이 옹졸하고 천하게 흘러 사상과 감정도 좋은 줄 모르게 된다. 시는 감정과 재능이 아울러 갖추어졌을 때 볼만한 작품이 된다.

*

　시문에서 중요한 것은 시인의 기운이다. 기운은 개성에서 피어나며 내용은 기운에 따라서 표현된다. 말이란 개성에서 일어나는데, 개성은 곧 내용이다.

　참신한 내용은 표현하기 어려워 흔히 생경하고 난삽해지기 쉽다.

　오직 이규보는 고전을 널리 연구하여 깊이 체득하였기 때문에 표현이 자연 풍부하고 아름답다. 또한 새로운 내용이 심오하여 형상하기 어렵더라도 남김없이 자세하고 간곡한 언어로 드러낼 수 있어서 정밀하고 원숙하다.

*

　학자가 고전과 대가들을 연구할 때 다만 사상과 감정을 체득하고 이치를 전수하는 데 그치는 것은 아니다. 거기 표현된 말을 익혀 어휘를 풍부하게 하고 문체를 본받아 마음에 새기고 입에 익숙해지도록 해야 한다. 시가를 창작할 때에는 마음과 입이 상응하여 말하면 시로 될 수 있게끔 되어야 조금도 생경한 바가 없게 된다.

옛사람을 모방하지 않고 새롭고 훌륭한 작품을 만들어 내기 위해서
는 오직 사상과 감정을 잘 이끌어 내고 문장을 잘 조직해야 한다.

❊

재능 없는 사람이 작품을 빨리 쓰려 하면 표현이 속되고 난잡해진다.
속되고 난잡한 작품을 서둘러 쓰는 것은 오래 걸리더라도 잘 다듬어진
작품을 쓰는 것만 못하다.

❊

무릇 시를 지을 때 남의 말을 빌려 비유하는 것보다 디 좋은 방법은
없다. 그러나 노련한 사람이 이 방법을 쓰면 시어가 원숙하고 내용이
정교하나, 서투른 사람이 이 방법을 쓰면 말이 설익고 내용이 거칠게
된다.

❊

김신정*이 말하였다.

"내용이 아무리 웅건하고 심오하더라도 이미 낡은 것이라면 평범한
데 그치고 만다. 비록 심오하지는 못하더라도 새 경지를 개척한 것이

* 김신정은 고려 고종 때 문신, 시인.

라면 그것은 뛰어난 것이다."

나는 그때는 옳은지 그른지 말하지 못하였으나 지금 다시 생각하니
김신정의 말이 옳다.

✽

사물 현상을 묘사할 때 고사를 인용하는 것은 사리를 밝히는 것만 못
하고, 사리를 밝히는 것은 모습을 형용하는 것만 못하다. 그러나 묘사
가 잘 되고 못 되고는 구상과 언어 표현에 달렸다.

✽

이인로의 시는 언어의 품격이 높고 고사 활용이 묘하여 옛사람의 경
지까지 밟아 들어갔는데, 세련된 기교는 오히려 옛사람을 뛰어넘는 데
가 있다.

—《보한집》에서

이지심의 시

―최자

벽시(기념하여 다락집 같은 데에 써 붙이는 시)는 시어가 간결하고 감정이 곡진해야 좋다. 과장하거나 현란하게 늘어놓는 수법은 필요 없다.

✽

이지심*은 풍주 성 위에 있는 다락집에 다음과 같은 시를 썼다.

하늘과 바다는 끝이 없어라.

아득히 바라봐도 다함이 없어라.

사방 천 리를 바라보노니

유월에도 가을바람 맞는 듯하구나.

그려도 묘한 풍경 다 그릴 수 없거니

시로야 어찌 재주를 다 부리랴.

* 이지심은 고려 전기 관리. 1170년 정중부가 일으킨 무신정변 때 다른 문신들과 함께 살해되었다.

어느덧 몸에 날개가 돋아

훨훨 하늘을 나는 듯하구나.

당시 사람들은 이 시를 '시어를 가지고 재주를 부리지 않았으나 기백이 호방한 작품'이라고 평하였다.

그런데 표현 가운데 '끝이 없어라' 하고서는 또 '다함이 없어라' 하였으며, 또 첫 절에서 '바라봐도 다함이 없어라' 하고서는 다음 절에서 '천리를 바라보노니' 하였다. 내용이 겹치는 듯하지만 읽어도 겹치는 줄 모르는 것은 성운*에 흠집이 없기 때문이다. 옛사람들이 성운에 흠집이 나지 않도록 조심하는 것을 최상의 규범으로 삼은 것은 이 때문이다.

―《보한집》에서

*성운은 한자의 음과 운을 아울러 이르는 말. 어두 자음은 음, 나머지 부분은 운이다.

지금 시를 배우는 사람들

―최자

문학은 진리를 밝아 나가는 길인 만큼 그릇된 말을 쓸 수 없다. 그러나 기운을 고무하며 사람들을 격동시키기 위해서는 때로 거세고 신기한 표현을 하지 않을 수 없다.

하물며 시를 짓는다는 것은 다른 사물에 견주거나 비유로 풍자하는 것이다. 그리므로 반드시 탁물우의 수법이나 비범한 표현을 적용해야만 작품의 기운이 장쾌하고 내용이 심오해진다. 그리고 표현이 정확하여 사람 마음을 흥분시키고, 오묘한 진리를 나타내어 마침내 바른 데로 나가게 된다.

남의 글을 표절하여 이리저리 꾸미거나 부질없는 자랑을 요란스럽게 하는 것은 선비가 할 일이 아니다. 시인들이 네 격*을 숙달하는 데서 얻는 것은 시구를 다듬으며 시의 의미를 연마하는 데 있을 뿐이다.

그런데 지금 시를 배우는 사람들은 운율과 시구를 숭상하면서 시어를 기어이 새롭게 하려고 한다. 그래서 표현은 자연 생경해지며, 대구

*네 격은 한시 짓는 형식으로 기승전결을 말한다.

는 반드시 같은 종류로 하고자 하므로 내용은 졸렬해진다. 그리하여 웅대하고 넉넉하며 노련한 품격은 차츰 없어져 버렸다.

— '보한집에 부쳐'에서, 《보한집》

시의 품격과 내용, 시어와 운율

―최자

산문에서 기백은 호탕하고 장중하며 품격은 굳세고 맑아야 한다. 사상과 감정은 솔직하고 말은 풍부하고 자유로워야 하며 문체는 소박하고 힘차야 한다. 조금이라도 생경하거나 천박하거나 난잡한 것은 병이다.

시를 두고 말하면 신기, 절묘, 함축, 고매, 풍부, 뜻이 크고 깊은 것, 예스럽고 아담한 것이 으뜸이다. 정밀한 것, 절실한 것, 상쾌, 맑고 산뜻함, 부드럽고 온화함, 화려, 고상, 크고 넓음, 청아한 것은 그다음이다. 그리고 졸렬, 생소, 윤택이 없고 껄껄한 것, 비속, 조잡한 것은 병이다.

시를 평하는 사람은 먼저 시의 품격과 내용을 보고 다음으로 시어와 운율을 보아야 한다. 같은 내용이라도 시어와 운율의 차이가 있는 법이니 한 작품이 내용과 형식이 함께 뛰어나기는 흔하지 않다. 그래서 평론가들 평가도 한결같지 않은 것이다.

옛날에 "구절이 노련하여 어구가 속되지 않고 사리가 깊어 내용이 잡스럽지 않고, 재주를 마음대로 부리되 기운이 사납지 않고, 시어가 간결하되 사실이 모호하지 않으면 바로 시가 될 수 있다." 하였는데, 이 말은 본보기로 삼을 만하다.

❄

세상에 평범한 것만 즐겨 좋아하는 사람과는 더불어 시를 이야기할 수 없다. 하물며 붓으로는 그릴 수 없이 뛰어난 시의 기운에 대해서는 더욱 그렇지 않을까.

—《보한집》에서

시를 이해하기는 어려운 일이다.

―최자

내가 일찍이 문안공 유승단*을 찾아갔더니 공은 이런 말을 내게 들려주었다.

"이즈음 이규보의 시 작품을 보았는데 매우 뛰어나 자못 참신한 내용이 많다. 그의 많은 작품을 뚫고 지나가는 기운은 작품 마지막에 이를수록 더욱 장쾌하여, 마치 천 리를 달리는 말이 바야흐로 네거리를 달려 나가다가 도중에 굳건하게 우뚝 멈춰 선 듯한 그런 기상이다."

❋

문안공 유승단은 일찍이 이런 말을 했다.

"지극히 묘한 문장은 오래 씹어야 맛을 알지만 평범하고 속된 작품은 한눈에 즐겁다. 그러나 학자가 글을 읽을 때에는 마땅히 꼼꼼히 읽고 깊이 생각하여 사상과 감정을 이해하도록 하여야 한다."

* 유승단(1168~1232)은 고려 고종 때 사람. 박학다식한 학자로 벼슬이 참지정사에까지 올랐다.

❊

이규보는 일찍이 사람들에게 이런 말을 했다. 자기는 평생 글을 지어 왔는데 해마다 발전해서 지난해 쓴 작품을 올해 보면서 가소롭게 여기는데 거의 해마다 그렇다고 하였다.

이규보는 젊었을 때 붓을 달려 시를 빨리 쓰느라 거의 치밀한 구상을 하지 않았다. 어구가 시의 형태를 갖춘 것이 있으면 사람들은 모두 베껴서 다니면서 읊었다. 늘그막에 이르러서는 창작에 심중히 대하여 구상도 깊이 하고 시어도 다듬었지만 도리어 사람들은 심오한 맛을 즐길 줄 몰랐다. 시를 이해하기는 어려운 일이다. 어렵고 또 어려운 일이다.

❊

무릇 시의 기교를 부릴 때 두보와 같이 하면 절묘하고 아름답기는 하다. 그러나 솜씨가 서투른 자는 애써 다듬을수록 도리어 더욱 졸렬해져 공연히 정력을 허비할 뿐이다. 그러기에 시인은 저마다 자기 재능에 따라 타고난 바를 토로할 것이며 억지로 갈고 다듬은 흔적이 없도록 해야 한다.

❊

이규보의 문집이 편찬되었다. 시문을 보면 마치 해와 달과 같아서 칭찬할 말을 이루 다 찾을 수 없다. 지금 율시는 오언율시거나 칠언율시거나 성운을 붙이고 대구를 만들어야 하므로 반드시 아래위를 살피고 다듬어서 격률에 맞추어야 한다. 아무리 걸출한 시인이라도 마음먹은 대로 표현할 수 없고 반드시 속에 오래 쌓아 두어야 하는데 그렇지 못할 때에는 작품이 씩씩한 기상을 잃게 된다.

이규보는 젊었을 때부터 붓을 달려 작품을 빨리 썼는데도 한결같이 참신한 내용을 내놓았으며 어구의 표현이 다채로워 기세가 마치 천리를 달리는 말과 같았다. 성운과 격률을 조직하는 데도 치밀하고 교묘할 뿐 아니라 호방하고 기발하였다. 그러나 이규보를 우리나라의 걸출한 시인이라고 하는 것은 율시에 대해서만 하는 말이 아니다. 고시와 장편시의 어렵고 곤란한 운율이라도 자유분방하게 한꺼번에 수백 장씩 써 나가면서 결코 옛사람을 답습하지 않고 훌륭한 작품을 낳았기 때문에 탁월하다고 하는 것이다.

✻

기암거사 안치민*이 이규보의 문집을 보고 다음과 같이 서문을 썼다.

"빛나는 문장은 잠시 동안에도 백 편의 시를 지어내며 신묘한 재능은 참신하고 뛰어나다.

사람들은 이규보를 이백과 같다고 하는데 과연 그렇다. 내가 보기에는 그가 시를 쓸 때에는 물결치는 바다인 양 자유분방하며, 작품은

---

* 안치민은 고려 후기 문인. 글씨와 그림에도 조예가 깊었다. 문장에서 뜻을 중시하고 시대와 사회의 교화에 도움이 되어야 한다는 고문 정신을 강조하였다. 호는 기암, 자는 순지.

비단결같이 빛나는 점이 이백과 닮았다. 그리고 율격이 엄격하면서도 정제되고 대구가 적절하여, 서둘러 쓰는 가운데 노력한 흔적이 나타나는 점은 이백을 지나서 더 나아간 듯하다."

―《보한집》에서

역옹패설 전편 머리말

―이제현[*]

임오년(1342) 여름에 장맛비가 달포를 끌어 문밖출입을 못하고 또 찾아오는 사람도 없었다. 하도 갑갑하여 견딜 수 없기에 벼루에 낙숫물을 받아 가지고 무슨 심심풀이나 할까 하였다. 우선 친구들끼리 주고받은 서신들을 모아 정리하고 있었는데 내가 일찍이 끼적거려 둔 이것저것 종이 쪽지들도 나왔다. 그것을 한데 묶어 종이 뒷등 끝에 '역옹패설(櫟翁稗說)'이라고 썼다.

이 도토리 '력(櫟)' 자는 즐거울 '락(樂)' 자를 몸으로 하였으니, 그 음을 취한 것이기도 하다. 그러나 도토리나무는 재목으로 쓰기에는 좋은 것이 못 되기 때문에 베어 쓰는 해를 입지 않는다. 이것이 나무에게는 즐거울 일이 아니겠는가. 그러므로 도토리 '력' 자는 즐거울 '락' 자나 같다.

내가 일찍이 벼슬아치들 뒤를 따르다가 벼슬길을 그만두고 혼자 수양하면서 호를 '역옹'이라 하였다. 말하자면 도토리나무와 마찬가지로

* 이제현(1287~1367)은 고려 후기 문인. 공민왕을 도와 개혁 정치를 추진했다. 삼십 년에 걸쳐 다섯 차례나 중국에 다녀오면서 많은 시를 썼다. 백성들이 즐겨 부르던 노래를 수집하여 '처용가', '사리화' 같은 작품을 기록으로 남겼는데 이들 소악부는 오늘날에도 소중한 자료다. 《익재난고》와 《역옹패설》이 전한다.

재목감이 못 되니 오래 살 수 있지 않을까 하는 뜻에서다.

'패(稗)'의 소리는 '비(卑)'와 같다. 그러나 뜻을 따지면 곡식 중에서 가장 하찮은 것이 피다. 내가 젊어서는 글공부를 힘써 했으나 마흔에 들어서면서부터는 공부를 그만두다시피 하였다. 지금은 늙어서도 함부로 끼적거리기를 좋아하니, 아무 맺힌 것, 속살 있는 것이 없어서 하찮은 바가 피와 다를 것이 없다. 그러므로 이 기록들을 하나로 묶어 '패설'이라고 이름을 붙이고 스스로 머리말을 쓰노라.

— '역옹패설 전편 머리말',《익재집》

역옹패설 후편 머리말

—이제현

어떤 사람이 내게 물었다.

"자네가 전편에 쓴 것은 멀리 왕의 선조에 관한 것에서 시작하여 이름난 공경들의 언행도 그 가운데 어지간히 실었지만 결국 골계*의 이야기로 마감하였네. 후편에는 경전과 역사에 관련한 것은 얼마 없고 대개 다 문장과 시구를 아로새기는 것뿐이니, 어찌 그렇게 특별한 신조가 없는가? 이것이 어찌 단아한 선비이자 점잖은 어른이 마땅히 할 바인가?"

내가 대답하였다.

"둥둥 울리는 북소리도 〈국풍〉에 올라 있으며 갖은 춤이 너울거리는 것도 〈아송〉*에 들어 있다. 하물며 이 기록은 본디 심심풀이로 붓 가는 대로 쓴 것이니 거기에 희롱이 있다 해서 무엇이 괴이하다고 하겠는가.

---

* 골계는 우스운 이야기 속에 풍자가 섞인 것.
* 〈국풍〉과 〈아송〉은 《시경》의 편명이다.

공자가 장기와 바둑을 즐기는 자도 아무것도 안 하는 자보다는 낫다고 하였다. 문장이나 시구를 새기고 다듬는 것이 장기와 바둑에 견주면 오히려 낫지 않을까? 또 이렇지 않다면 패설이라고 이름 붙이지도 않았을 것이다."

나는 이 대답으로 머리말로 삼고자 한다.

— '역옹패설 후편 머리말', 《익재집》

시인들의 시는 다 다르다

—이제현

구양수가 스스로 자신을 긍정한 말이라 하여 전한다.

"내가 쓴 시 '여산고'는 지금 사람들은 아무나 지을 수는 없을 것이고 오직 이백이라면 할 수 있을 것이다. 내 '명비후편'은 이백도 못 지을 것이고 두보라면 지을 수 있을 것이다. 그러나 '명비전편'은 두보라도 못 지을 것인데 나는 지었다."

하지만 이는 뒤에 말을 꾸미기 좋아하는 호사가들이 '여산고'의 음절이 이백의 시와 비슷하고, '명비후편'이 두보의 시와 비슷한 까닭에 함부로 지어낸 말이다.

소순*이 구양수에게 보낸 글에 "맹자나 한유*의 글과 달리 구양수의 독특한 글"이라고 한 것처럼, 글은 모두 특징이 있어 서로 다르다. 시도 또한 그런 것이니, 이백과 두보에게 구양수의 시를 지으라면 반드시 다를 것이다. 또 구양수에게 이백과 두보의 시를 지으라면 마치 초나라

---

* 소순은 중국 송나라 문인.
* 한유(768~824)는 중국 당나라 문인, 정치가. 옛글처럼 자유롭고 간결하게 글을 써야 한다고 주장했다.

배우 우맹이 손뼉 치고 담소하며 어진 신하 손숙오의 흉내를 내는 것과
같다.* 이를 진짜 손숙오라고 할 수 있는가?

— '역옹패설 후편'에서, 《익재집》

---

* 우맹과 손숙오는 중국 초나라 장왕 때 사람. 청렴한 관리이던 손숙오가 죽은 뒤 그의 아들이 어렵
게 살았다. 그러자 우맹이 손숙오처럼 꾸미고 장왕을 만나 손숙오의 아들을 도와 달라고 간언했
다고 한다.

정지상의 시[*]

—이제현

정지상의 시에 이런 것이 있다.

비 멎은 긴 방축에

풀빛이 푸른데

남포에서 그대를

슬픈 노래로 보내노라.

대동강 물이야

어느 땐들 마르리오.

이별의 눈물 해마다 흘러

물결을 짓거니.

중국 원나라 양재라는 이가 일찍이 이 시를 베낄 적에 "이별 눈물은 해마다 흘러 물결을 넘치게 하네."로 고쳤다. 나는 원작의 '짓거니'도 양

* 정지상(? ~ 1135)은 고려 중기 문인. 이 시는 '송인(送人, 님을 보내며)' 또는 '대동강'으로 알려져 있다.

재의 '넘치게 하네'도 모두 매끄럽지 못하다고 생각한다. 이것은 마땅히 '물결을 보태거니'라고 하는 것이 좋을 것이다.

— '역옹패설 후편'에서, 《익재집》

시의 표현 기법

―이제현

장간공 장일*의 '승평 연자루*' 시에 다음과 같은 것이 있다.

바람 좋고 달 좋아도

처량하구나, 연자루야

낭군이 한번 간 뒤

꿈속같이 세월 흘러

그 시절 놀던 객들

뉘 아니 늙었으리.

누각 위 꽃이었던

가인마저 백발일세.

밀직 곽예*가 쓴 '수강궁이 새매를 잃었기에'라는 시가 있다.

* 장일(1207~1276)은 고려 후기 문신, 외교가. 장간공은 그가 죽은 뒤 나라에서 내린 시호.
* 승평은 전라도 순천의 옛 이름. 연자루는 순천 남대문 위에 있는 누각.

여름은 서늘하게 겨울은 따습게

먹이는 건 신선한 살진 고기

무슨 일로 구름 높이

가고 돌아 안 오는가.

보아라 제비들은

곡식 한 알 주지 않아도

해마다 정든 들보

또다시 찾아온다.

문안공 이승휴*의 '구름'이라는 시가 있다.

한 조각 스스로

땅 위에서 문득 생겨

동서남북 마음대로

가로세로 퍼져 난다

그러다가 비가 되면

마른 초목 살리건만

* 곽예(1232~1286)는 고려 후기 문신. 밀직은 벼슬 이름.
* 이승휴(1224~1300)는 고려 후기 문신. 우리나라와 중국의 역사를 시로 쓴 《제왕운기》가 전한다.

부질없이 중천에서

해와 달만 가리누나.

밀직 정윤의*가 쓴 '안렴사에게'라는 시가 있다.

새벽빛 헤치며 말을 급히 달려

외로운 성으로 들어가니

사람 없는 마을에

살구 알만 달렸구나.

나랏일 급한 줄을

뻐꾹새야 어찌 알리.

숲을 찾아 종일토록

봄갈이만 권하누나.

사람들은 이 시들을 사랑하였다. 그러나 장일의 시는 감회를 읊었을 뿐 다른 뜻은 없지만 다른 세 편은 모두 풍자하는 뜻을 품고 있다. 그중 에서도 정윤의와 곽예의 시는 그윽하고도 완곡하다.

— '역옹패설 후편'에서, 《익재집》

* 정윤의(?~1307)는 고려 후기 문신.

어려운 시 감상

―이제현

평보 홍간[*]의 시는 한 편이 나올 적마다 누구나 좋아하여 전하였다.

《논어》에 이렇게 이르지 않았는가.

"마을 사람들이 모두 좋아해도 아직 좋다고 못 할 것이며, 모두 미워해도 아직 그렇다고는 못 할 것이니, 진실한 사람이 좋아하고 진실하지 않은 사람이 미워하는 것만 못하다."

시문을 평하는 것도 어찌 이와 다르겠는가.

옛사람이 말하였다.

"시는 만고에 전하여 내려갈 수는 있어도 수긍을 받기는 어려우며, 사방의 문인들이 모인 자리를 놀라게 할 수는 있어도 혼자 앉아 감상하는 이의 뜻에 맞기는 어렵다."

참으로 명언이다.

― '역옹패설 후편'에서, 《익재집》

임춘과 최자의 시

—이제현

서하 임춘이 쓴 '꾀꼬리 소리를 듣고'라는 시는 다음과 같다.

농촌에 오디 익고

보리도 성했는데

녹음 우거진 수풀에서

꾀꼬리 소리 새로 들리네.

서울의 꽃그늘 거닐던 나그네를

네 정녕 알았느냐.

지성껏 지저귀며

그칠 줄 모르네.

문청공 최자는 '숙직하다가 채진봉에서 학 우는 소리를 듣고'에서 이렇게 읊었다.

한 점 구름도 없는 창공에

달빛은 정히 밝기도 하다.

솔가지에 깃들인 흰 두루미라

맑은 이 저녁을 어찌 그저 보내리오.

산에 많은 새며 짐승들

어찌 그의 울음 알아들으랴.

두루미는 혼자 제 깃을 다듬으며

한밤중에 우누나.

두 편 다 불우한 처지에 있는 시인의 감정을 표현하였다. 그런데 최
자의 시가 보여 주는 기백은 임춘의 시와는 견줄 바가 아니다.

— '역옹패설 후편'에서, 《익재집》

뜻을 말로 표현하면

—이제현

시는 뜻이 쏠릴 때 드러난다. 마음에 먹은 것이 뜻인데, 이것을 말로 표현하면 시가 된다.

— '사찬'에서, 《익재집》

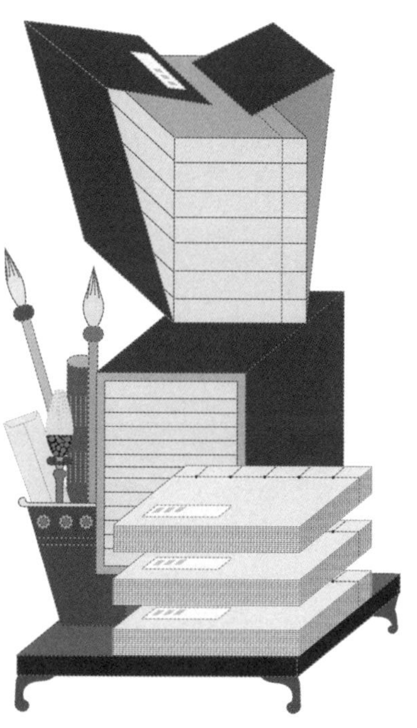

2부

무릇 글을 쓰려면

시는 기백을 앞세워야

—서거정*

시는 감정이 피어나는 것이며 기운이 넘치는 것이다. 옛사람들이 시를 읽으면 쓴 사람의 사람됨을 알 수 있다고 하였는데 과연 옳은 말이다.

❊

시에서 고사를 인용할 때에는 반드시 출처가 분명해야 한다. 자기 의견을 경솔하게 내놓으면 말이 아무리 공교로워도 남의 웃음을 면치 못한다.

❊

시를 짓는 것은 어렵지 않다. 그러나 정경을 만들고 형용을 묘사하여 이를 한마디로 나타내는 것, 이것은 옛사람도 어렵게 여겼다.

* 서거정(1420~1488)은 조선 전기 세종에서 성종 대까지 활동한 학자이자 벼슬아치였다. 우리 땅에 대한 자부심과 역사 전통에 대한 믿음을 바탕으로 쓴 《동국여지승람》, 우리 한문학의 독자성을 내세우며 정수를 모은 《동문선》을 편찬했다. 《동인시화》, 《필원잡기》가 전한다.

❊

시 짓기는 자그마한 일이다. 그러나 옛사람은 시를 지으면 반드시 후세에 남길 것을 기약하였다.

❊

옛사람은 시에서 격조를 다듬고 시구를 다듬고 시어를 다듬었다. 그리고 또 스승과 벗에게 보이고 허물을 찾아내어 고쳤다.

❊

시는 남의 것을 답습하는 것을 꺼린다. 옛사람은 "문장은 마땅히 제 생각대로 써야 한다." 하였다. 내 형상을 어찌 남과 같이 만들어 낼 수 있겠는가.

❊

무릇 시의 기교는 어구 하나를 묘하게 쓰는 데 있다. 그렇기 때문에 옛사람은 어구 하나를 지적해 주는 이를 스승으로 삼았다.

❊

시는 내용을 직접 드러내지 않고 함축성 있는 것이 좋다. 그러나 희미하고 은밀한 말은 명쾌하지 못하니 또한 시의 큰 흠집이다.

❋

시는 마땅히 기운을 앞세우고 기교는 다음으로 해야 한다.

❋

옛사람들이 고사를 인용할 때 사실을 직설적으로 인용하기도 하고 본디 의미와 반대로 인용하기도 한다. 고사를 바로 인용하는 것은 누구나 할 수 있으나 의미를 반대로 인용하는 것은 재능이 탁월한 사람이 아니면 할 수 없다.

❋

옛 시인들은 시에서 흔히 사물에 의탁하여 정황을 보여 주는 수법을 썼는데 표현에 그럴듯한 것이 많다. 예컨대, 문정공 최항*은 '검은 팥'이라는 시에서 "흰 눈은 속된 것을 미워하는 듯, 복수심을 안고 세상을 흘긴다." 하였다. 문인, 열사를 검은 팥에 비유한 표현이 특이하다.

—《동인시화》에서

* 최항(1409~1474)은 조선 전기 문인, 학자. 문정은 시호.

눈앞에 보듯이 묘사해야

—서거정

이인로의 '천수사[*] 벽에 쓴다'는 시가 있다.

기다려도 기다려도

벗들은 오지 않고

스님을 찾아보아도

스님도 간데없네.

오직 수풀 속

산새들만

지종지종 친절하게

지저귀누나.

옛날 시를 평하는 사람들은 이렇게 말하였다.

"시란 것은 그리기 어려운 정경을 눈앞에 보듯이 묘사해야 한다. 이

[*] 천수사는 고려 개경 동쪽에 있던 절.

루 다 표현할 수 없는 내용이 시어 밖으로 나타나도록 해야 좋은 작
품이다."

나는 이인로의 시에서 그런 경지를 보았다.

—《동인시화》에서

루 다 표현할 수 없는 내용이 시어 밖으로 나타나도록 해야 좋은 작

나는 이인로의 시에서 그런 경지를 보았다.

시를 알기는 어렵다

―서거정

시를 짓기는 어렵지 않으나 시를 알기는 더 어렵다. 일찍이 이규보가 옛사람의 시를 평할 때 매요신*의 시를 좋지 못하다고 하였으며, 사령운*의 '못가에 봄풀이 나온다'를 뛰어난 작품이 아니라고 하였다. 그리고 서응이 폭포를 노래한 시를 좋다고 하였다.

그러나 소식은 서응의 시를 나쁘다고 하고, 구양수는 매요신의 시를 잘되었다고 하고, '봄풀'을 고금의 절창이라고 하였다.

이규보의 평가와 대비하면 이렇듯 서로 다르다. 이렇게 시를 알기는 어렵고 어렵다.

―《동인시화》에서

* 매요신(1002~1060)은 중국 송나라 때 시인.
* 사령운(385~433)은 중국 동진과 유송 때 시인.

작품은 우열이 있으니

— 서거정

이숭인*의 시문은 갈고 다듬어서 정밀하고 아름다우며, 권근*의 시문은 소박하고 온후하여 자연스럽다. 이숭인의 갈고 다듬는 솜씨는 권근도 넉넉히 할 수 있을 것이나, 권근의 소박하고 진실한 맛은 이숭인으로서는 암만해도 따르지 못할 것이다.

❈

논평자는 말하기를, 이색*의 시는 웅건하고 고상하며 품격이 뛰어나서 배워서 따라갈 수 있는 경지가 아니다. 이곡*의 시는 정밀하고 소박하며 자연스러울 뿐 아니라 격률이 엄정하다. 두 시인의 작품은 저마다 우열이 있는데 시를 볼 줄 아는 이들은 잘 분별할 수 있다.

— 《동인시화》에서

* 이숭인(1347~1392)은 고려 말기 문신, 학자. 고려에 충절을 지키다 죽었다.
* 권근(1352~1409)은 고려 말, 조선 초의 학자, 문신. 그가 지은 《입학도설》은 최초로 그림을 넣어 학문을 설명한 책이다. 경학과 문학의 양면을 잘 조화시켰다고 평한다.
* 이색(1328~1396)은 고려 말 문신이자 유학자, 시인. 호는 목은.
* 이곡(1298~1351)은 고려 말기의 학자. 중국 원나라에서 벼슬을 하기도 했다. 죽부인을 의인화한 가전체 소설 '죽부인전'을 썼다.

시의 기능

—서거정

시는 자그마한 기예다. 그러나 만일 사람들을 가르치는 데 관련이 있다면 뜻있는 이들은 마땅히 이를 이용해야 한다.

보궐 진근의 '왕에게 충고하다 벼슬에서 떨어져 옥천으로 가면서'라는 시가 있다.

백성이 바다라면 임금은 배이거니

이 사실을 알려 주려고

내 충성을 다해

방탕한 놀음을 고쳐 주려 했노라.

임금을 간하는 말 하기도 전에

멀리로 귀양 가는 몸 되었으나

아무런 시름없이 떠나려 하노라.

여기에는 귀양 가는 사람의 원한은 표현되지 않고 임금을 경계하며 충고하는 성실한 내용이 있을 뿐이다.

간의 오순은 '관가정'에서 이렇게 썼다.

봄갈이가 끝나면

여름 볕에 김매기 더욱 힘들고

추수가 끝나기도 전에

추운 겨울은 다가오누나.

어쩌면 이 정자를

행차 지나는 큰길로 옮겨

농민들의 가난한 살림을

임금께 한번 보여 줄거나.

이 시에서는 농사짓는 농민들이 얼마나 고생하는가를 보여 주었다.

위의 작품들에서 보는 것과 같이 시를 어찌 조그만 기예라 하여 소홀히 여길 수 있겠는가.

―《동인시화》에서

이규보와 이색의 장편시

나는 일찍이 이규보의 장편시를 읽었는데, 웅건 장쾌하며 기세가 용감하여 마치 맨손으로 맹수를 때려잡고 오르는 용을 휘어 쥐는 듯하니 기이하고 놀랄 만하다. 그러나 시가 다소 거친 점이 있다.

이색의 장편시는 변화가 자유롭고 고금을 관통하여 마치 도도한 바다 물결이 온갖 기괴를 다 부리는 것 같다. 그러나 그는 속어를 즐겨 썼다.

시를 배우는 사람들이 만일 이색을 배우다가 실패하면 결국 비속한 데로 흐르고, 만일 이규보를 배우다가 실패하면 마치 바람을 잡고 그림자를 얽어매듯 몸 둘 곳을 모르게 된다.

―《동인시화》에서

문과 무의 관계

―서거정

옛날에 시를 논하는 사람이 말하기를, 벼슬아치들의 시가 있고 산림 초야에 묻힌 사람들의 시가 있다고 하였다. 생활하는 처지가 다르기 때문에 표현되는 시가 다르지 않을 수 없다.

❅

천지의 정기가 사람에게 집중되면 훌륭한 문장이 된다. 문장이란 인간 언어의 정화다. 그러므로 좋은 시대를 만나 기쁨을 노래하는 경우에도 문장은 마치 저 하늘의 금성, 목성, 수성, 화성, 토성 다섯 별과 같이 빛이 찬란하다. 불우한 때를 당하여 세상을 개탄하고 자연을 읊조려도 문장은 마치 골짜기에 버린 구슬같이 빛나 그 빛을 가리지 못한다. 그러므로 사람들이 보고 듣고 놀라게 하는 것과 그 명성을 후세에 전하는 것은 어느 경우에나 마찬가지다.

❅

시는 뜻을 말한다. 뜻이란 마음의 지향을 이른다. 그러므로 시를 읽으면 그 사람을 알 수 있다.

✣

문(文)과 무(武)의 관계는 마치 음양이 서로 떠나지 못하는 것과 같다. 그러므로 한편으로 당기고 한편으로 늦추는 것을 문무의 도라고 할 수 있다.

대개 문이라는 것은 글귀나 읽고 고전을 해석이나 하는 것이 아니며, 무라는 것은 적장을 베고 깃발을 빼앗아 오는 것이 아니다. 문으로 모든 활동의 본체를 확립하고 무로 그 운용을 활달하게 하면, 백성들 생활을 편안히 하고 국방을 튼튼히 하는 데 아무런 부족함이 없다. 그런 뒤에야 문과 무를 말할 수 있다.

—《사가문집》에서

문장은 여행과 현실에서 배워야

―서거정

중국 북송 때 문인 소철*이 일찍이 이렇게 말했다.

"문장에는 기백이 나타난다."

맹자는 호연한 기운을 잘 길렀으며, 사마천*은 먼 곳을 여행하면서 문장의 기백을 키웠다. 그러므로 사마천의 문장은 해박하고 소탈하며 호탕하였다.

소철 또한 여러 고장, 여러 가지 사물을 관찰함으로써 장쾌한 기운을 기르려 하였다. 종남산의 숭고한 모습과 황하수의 분방한 흐름을 구경한 뒤 북경에 이르러 장엄하고 화려한 건물들과 구양수나 한유 같은 걸출한 인물들의 문장을 보았다. 그는 "천하의 문장은 바로 여기에 있다."고 감탄하였다.

마자재도 또한 말하였다.

"사마천의 문장은 책에서 배운 게 아니라 여행 중에서 배운 것이다.

여행과 현실에서 배우지 않은 문장은 곧 낡고 썩기 쉽다."

* 소철(1039~1112)은 중국 북송 때 문인
* 사마천은 중국 전한 때 역사가. 역사책 《사기》를 썼다.

나 자신도 일찍부터 여러 고장을 여행하면서 기백을 기르며 문장을
빼어나게 하려고 생각하였다. 그러나 이제는 늙었다.

— '송도 여행기 머리말', 《사가문집》

책도 읽고 여행도 하기를

—서거정

선비는 멀리 여러 곳을 여행해야 하는가? 생각건대 수만 권의 책을 읽으면 문밖에 나서지 않고도 천하 고금의 일을 알 수 있는데 반드시 먼 여행을 해야 하는가?

그러면 선비는 먼 곳으로 여행을 가지 말아야 하는가? 나라의 사명을 띠고 사방으로 다니면서 산천을 유람하면 문장과 기백을 더욱 장하게 할 수 있는데 어찌 먼 여행을 하지 않겠는가?

책 수만 권을 읽어 근본을 다지고 여러 고장을 여행하여 쓸 만한 능력을 기르고, 그런 뒤에 자기에게 주어진 임무를 충분히 다할 수 있다.

— '서장관 이 모를 보내는 시에 부쳐'에서, 《사가문집》

어찌하여 문인들은 불우한가

―서거정

나는 일찍이 천지에 가득한 영험한 정기가 사람에게 모여서 문장을 이루고 그것이 발현되어 공명과 사업을 이루게 한다고 여겼다.

만일 하늘이 사람들에게 문장의 재능을 주었으면 마땅히 그들에게 맡긴 소명을 빼앗지 말아야 한다. 그렇지만 어찌하여 세상에 많은 문인 재사들이 가난에 시달리고 또는 불우한 처지에 빠지며 또는 고칠 수 없는 병으로 신음하며 또는 일찍 세상을 떠나 자신의 뜻을 실현하지 못하는가? 예나 지금이나 이런 일이 있으니, 조물주가 사람을 웃기고 희롱하는 것이 어찌 이렇게 심한가?

― '진일집에 부쳐'에서, 《사가문집》

시는 찬물이 솟는 샘

―김시습

시는 무엇인가.

시는 찬물이 솟는 샘

돌에 부딪히면 흐느껴 울부짖고

못에 고이면 시끄럽지 않고 고요하더라.

보기엔 심상한 품격이나

묘한 이치는 말하기 어려워라.

―《매월당집》

* 김시습(1435~1493)은 다섯 살 때 세종에게 불려가 시를 쓸 정도로 총명했다. 세조가 어린 단종의
왕위를 빼앗자 의롭지 못한 세상에 절망하고 벼슬길에 나아가려는 뜻을 접었다. 평안도, 강원도,
전라도, 경상도로 방방곡곡을 누비며 방랑하다 경주 금오산 기슭에 초막을 짓고 그곳에서 소설
《금오신화》를 썼다. 《매월당집》이 전한다.

느낀 대로

―김시습

우리나라는 옛날 삼한 때부터

풍속이 중국과는 달랐노라.

설총과 최치원[*]이 대를 이어

이 나라 문장의 터를 닦았어라.

―《매월당집》

---

* 설총(655~?) 신라 때 학자. 한자의 음과 뜻을 빌려 우리말을 적은 표기법인 이두를 정리하고 집대성했다. 최치원(857~?)은 통일 신라 말기 학자, 문장가. 당나라에서 활동해 이름이 높았다.

무릇 글을 쓰려면

—김시습

이번에 쓴 상소문은 구상이 아주 아름다워 저 풋내기 벼슬아치들로서는 엄두도 내지 못할 글이라고 생각합니다. 이는 실로 흉년살이를 구제하는 중요한 대책으로 삼을 만합니다.

제가 부탁을 받을 때는 바로 초안을 잡아 길에서 써 드릴까 하였는데 돌아오는 길에 비를 만나 그만 서둘러 산골 서재로 돌아오고 말았습니다. 나중에 심사숙고하여 초안을 잡아 드리겠으니 자세히 살펴 주시기 바랍니다.

무릇 글을 쓰려면 군더더기는 되도록 깎아 버리고 다만 실속 있는 이론을 전개하여 앞뒤 논리가 일관되어 글자마다 정성스러운 마음이 넘쳐흘러야 합니다. 그런 뒤에야 읽는 이의 마음을 감격으로 휘어잡게 될 것입니다.

제갈량이 쓴 '출사표*'나 중국 송나라 사람 호전이 고종에게 올린 글*

---

*'출사표'는 중국 촉한 때 재상인 제갈량이 위나라를 정벌하기 위해 부대를 이끌고 길을 떠나면서 왕에게 올린 글이다.

*호전은 중국 송나라 때 사람. 금이 송나라를 침략하려고 할 때 화의를 주장하는 보수파들을 비판하여 왕에게 올린 글을 말한다.

을 기억하실 겁니다. 비록 끝내 뜻을 이루지 못했을망정 천년 뒷날에 이르기까지 그들의 충성이 확연히 전달되고 있습니다. 그 글을 읽을 적마다 제갈량과 호전의 정신과 드높은 정열이 영원히 살아 있는 것을 느끼게 됩니다. 이 어찌 글 쓰는 자의 모범이 아니겠습니까.

요즘 과거장의 글월은 얼핏 보면 화려한 듯하나 결국 따지고 들어가면 아무런 내용이 없습니다. 다만 '갈 지(之)'자나 '말 이을 이(而)'자, '입겿 호(乎)'자, '입겿 야(也)'자 따위 허사들로 내용 없는 말들을 수식하여 놓았을 뿐입니다. 그 수사만은 비록 입술에 미끈하게 흘러내리나 그 뜻은 새벽이슬, 봄 서리와도 같이 실속이 없습니다.

이러기에 당나라 한유가 고문을 부흥시켰으며 송나라 주자가 위백양의 《참동계》*를 가리켜 상고시대의 글에 가깝다고 높이 찬양하였던 것입니다.

전날 드린 글월이 내용은 좋으나 문장 구성이 절실한 논리로 뒷받침되지 못한 것 같아서 차일피일 결정을 내리지 못했던 것인데, 이번 글월은 실정에 맞도록 하기 위해서 무척 애를 썼습니다. 어떻게 생각하시는지 상세히 검토하여 주시기 바랍니다.

— '유자한에게', 《매월당집》

---

*《참동계》는 중국 후한 때 사람 위백양이 쓴 도교 경전.

굴원의 노래

―김시습

어떤 이가 또 따져 물었다.

"굴원은 중국 초나라의 충신이었소. 그가 임금에게 간하여도 듣지 않으므로 멱라수(중국 후난성 미뤄강) 기슭에서 노닐며 귀신에게 제사 지내는 노래를 지었소. 그 노래는 아홉 장이나 되는데 천지조화를 일으키는 신령들과 산귀신, 들귀신, 또 전쟁터에서 죽은 영혼들을 일일이 들어 위로하면서 자기 심정을 토로하였소.

사마천은 굴원을 가리켜서 '매미가 오물 구덩이 속에서 허물을 벗고 멀리 날아가 너저분한 세상의 누를 입지 않았다. 이와 같은 지조를 미루어 논한다면 굴원의 절개야말로 해와 달과 더불어 빛을 다툰다고 해도 될 것이다.' 하였소.

과연 사마천 말대로 한다면 굴원은 귀신을 배척했어야 하는 거 아니겠소. 굴원이 어째서 성심성의를 다하여 귀신에게 제사 지내면서 심지어는 악장까지도 이렇게 애써서 지었겠소?"

나는 대답하였다.

"굴원이 불우한 신세가 되어 소상강 남쪽으로 추방당하자 자기 심정을 하소연할 길이 없기 때문에 귀신에게 제사 지내는 노래 형식을 빌어 충신으로서 현명한 군주를 만나지 못한 억울한 심정을 표현하였소. 이리하여 행여나 군주가 자기 잘못을 깨닫기를 염원하면서 일생을 끝마쳤던 것이지.

그러므로 굴원의 노래에 '원수에는 지초가 있고, 풍수에는 난초가 있네. 그리워 님이 그립건만, 말을 하려다 말도 못 하네.' 하는 구절이 있소.

이 구절에서 굴원의 충성심과 애국심을 잘 볼 수 있소. 굴원이 어찌 귀신에게 지내는 제사에 미혹되어 황당무계한 사실을 퍼뜨리려 했겠소?"

— '귀신론'에서, 《매월당집》

우리나라의 문인들

―성현[*]

우리나라의 문장은 맨 처음 최치원 때부터 유명해지기 시작했다. 최치원은 당나라에 가서 과거에 올랐는데 문학으로 나라 안팎에 이름을 크게 떨쳤다. 지금 문묘에 배향되어 있다.

이제 그의 작품으로만 본다면 비록 시를 잘한다고 하나 뜻이 섬세하지 못하고 사륙문체[*]에 능란하다고 하나 글이 가지런하고 질서가 있지 못하다.

그 뒤로 김부식은 풍부하나 화려하지 못하고 정지상은 명랑하나 기운이 뻗지 못하고, 이규보는 억세나 수습을 잘 하지 못한다. 이인로는 가다듬을 줄 아나 펴서 나아가지 못하고, 임춘은 아주 정밀하나 시원하지 못하고 이곡은 진실하나 영롱하지 못하고, 이제현은 건강하나 고운 맛이 없다. 이숭인은 얌전하나 줄기차지 못하고, 정몽주는 순수하나 절

실하지 못하고, 정도전은 장대하기는 하나 절제할 줄을 알지 못한다. 세상에서는 이색이 능히 집대성하여 시와 산문이 모두 뛰어나다고 하지만 거친 듯한 태도를 적지 않게 가지고 있다. 권근과 변계량은 비록 대제학이란 벼슬을 맡아 문장 사무를 책임지고 있었으나 이색을 따라가지 못하는데 변계량이 더욱 떨어진다.

세종이 처음으로 집현전을 설치하고 문학하는 선비들을 맞아들였는데, 신숙주, 최항, 이석형, 박팽년, 성삼문, 유성원, 이개, 하위지 들이 모두 한때 이름들을 날렸다. 성삼문은 산문에서 호방하나 시에 재주가 없고, 하위지는 상소문과 책문에 익숙하나 시를 전연 모르고, 유성원은 조숙한 천재인데도 본 것이 넓지 못하고, 이개의 글은 맑고 재기가 있으면서 시도 정묘하기 짝이 없었는데, 그들 사이에서 모두 박팽년을 집대성으로 쳤으니, 경서 연구나 글짓기나 글씨 쓰기에 두루 능했던 까닭이다. 그러나 모두 사형을 당해서 작품도 세상에 드러나지 못했다. 최항은 사륙문에 솜씨가 있었고, 이석형은 과거 문체에 능란했는데, 신숙주는 글과 도덕으로 존경을 받았다.

그 뒤를 계승해 나온 사람으로는 서거정, 김수온, 강희맹, 이승소, 김수녕과 내 큰형님 성임뿐이다. 서거정은 시와 글이 화려하고 아름다웠다. 그는 오랫동안 문장을 책임지고 있었다. 김수온은 글 짓는 형식을 알아서 글이 웅장하고 호방하였으니 누구도 그와 겨루려 덤비지 못하였다. 단지 성질이 꼼꼼하지 않기 때문에 운을 다는 데 착오가 많아서 통용되는 격식에 맞지 않았다. 강희맹은 시와 문이 점잖고 아담해서 자연스러운 기분에 차 있으며 제자백가[*]에 가장 정통하였다. 이승소는 시나 문이 모두 아름다워 마치 교묘한 미술가의 조각품과 같아서 칼과 끌을 댄 자국이 나타나지 않았다. 내 큰형님의 시는 떠가는 구름이나 흐르는 물같이 거침이 없었다. 김수녕은 글이 노숙하고 건실하였다. 일찍이 《세조실록》을 편찬할 때 대체로 사실을 기록한 많은 글이 그의 손에서 나왔다. 이 몇 사람 작품이 다 한 세대의 문장을 빛내고 있다.

— '문장에 대하여', 《용재총화》

---

[*] 제자백가는 《노자》, 《장자》같이 중국 춘추전국시대 학자들이 쓴 책.

우리나라의 화가들

−성현

물건의 형상을 그릴 때는 자연의 이치에서 얻어 오지 않고는 정교해질 수 없다. 또 물건 하나에는 정교할 수 있어도 여러 가지 물건을 모두 정교하게 하기는 어렵다.

고려 때 공민왕의 그림이 아주 품격이 높으니, 지금 도화서에 보존된 노국대장공주의 초상과, 흥덕사에 있는 '석가가 산에서 내려오는 화폭'이 모두 왕이 손수 그린 그림이다. 간혹 산수를 그린 것도 전해 내려오는데 아주 기묘하기 짝이 없다.

윤평이란 사람이 또한 산수를 잘 그려 지금 많이들 가지고 있으나 평범해서 특별한 풍취는 없다.

조선에 이르러서는 고인이란 사람이 중국에서 와서 인물화를 잘 그리고, 그 뒤 안견*과 최경을 함께 쳤는데 안견의 산수와 최경의 인물은 모두 신묘한 경지다. 지금 사람들이 안견의 그림을 마치 금이나 옥처럼 소중하게 보관한다. 내가 승지가 되었을 때 대궐 안에 보존된 '청산백운

* 안견은 조선 전기 때 화가. 산수화에 뛰어났으며 꿈 속 풍경을 독특한 화풍으로 그린 '몽유도원도'가 널리 알려져 있다.

도'를 보니 참으로 둘도 없는 보배였다. 안견이 늘 말하기를 "한평생 정력이 이 그림에 들어 있다." 하였다.

최경도 산수와 고목을 잘 그렸으나 안견을 따라가지 못한다. 그 나머지 홍천기, 최저, 안귀생과 같은 이들은 비록 산수를 잘 그린다고 하지만 모두 속된 그림이다. 오직 선비로서 그림을 그리는 김서의 말 그림이나 남급의 산수가 좀 나은 폭이다.

강희안은 자연 이치의 높고 미묘함을 그대로 옮겨 옛사람이 생각하지 못하던 곳을 파고들어 갔으니, 산수나 인물이나 무엇이고 다 훌륭했다. 일찍이 그가 그린 '여인도'를 보니 터럭 끝 하나 틀리거나 거짓된 바가 없었으며 그의 청학동, 청천강의 두 화폭과 경운도는 모두 진기한 보배다.

배련이란 사람이 산수와 인물을 다 잘 그렸는데, 강희안은 배련의 그림에 아담한 맛이 있다고 항상 말하였다. 이장손, 오신손, 진사산, 김효남, 최숙창, 석령이 지금 비록 이름들은 나고 있지만 그림이라고 말할 정도에는 이르지 못한다.

— '그림에 대하여'에서, 《용재총화》

우리나라의 음악가들

―성현

음악은 여러 가지 기예 가운데 배우기에 가장 힘든 것이니, 천품을 타고나지 못한 사람은 참다운 성취를 얻지 못한다. 삼국시대에 각기 음률과 악기가 있었으나 세대가 아득히 멀어서 자세한 것은 알 길이 없다. 오직 지금 거문고로 말하면 신라에서 나온 것이요, 가야금은 금관가야에서 나온 것이다.

대금은 소리가 가장 굳세서 기악의 중심이 된다. 비파는 줄을 골라서 당기고 퉁기는 등 배우기가 까다로울 뿐 아니라 서투르게 타는 소리는 차마 듣기 어렵다. 전악[*] 송태평이 잘 타더니 아들 송전수가 그 법을 계승하여 아버지보다 더한층 절묘하였다.

내가 젊었을 때 큰형님 댁에서 그 소리를 들은 일이 있었는데 마치 마고할미[*]가 가려운 곳을 긁어 주는 것과 같아서 들어도 들어도 싫지 않았다. 도선길이 송전수에게 미칠 수 없는 것은 사실이나 송전수 다음에는 그래도 오직 도선길이 괜찮고 그 나머지는 말할 것이 못 된다. 이제

* 전악은 조선 시대 장악원에서 음악에 관한 일을 맡아보던 정육품 벼슬.
* 마고할미는 중국의 옛 전설에 나오는 선녀인데 손톱이 새 발톱처럼 생겼다고 한다.

와서는 제법 탄다고 하는 사람조차 없다.

선비나 백성이나 음악을 배우면서 비파를 배우건만 특별히 뛰어난 사람은 없다. 오직 김신번이 도선길의 타는 법을 배웠는데 호탕한 품이 그보다 나으나 또한 지금 세상에서나 제일가는 명수로 칠 것이다.

거문고가 악기 중에서 가장 듣기도 좋거니와 음악을 배우는 사람에게 첫 번째로 들어가는 대문이다. 눈먼 악공인 이반이라는 사람이 거문고로 세종에게 인정받아서 대궐 안에 나든 일이 있었다. 김자려란 사람도 거문고를 잘 탔는데 내가 젊었을 때 그의 거문고 소리를 듣고 흉내를 내 보려 하였으나 되지 않았다.

광대로는 김대정, 이마지, 권미, 장춘이 모두 한때의 명수들이다. 그 당시 평하는 말에 의하면 김대정의 간결하고 정확함과 이마지의 정성스러움과 미묘함은 모두 극치에 도달한 것이라고 하였다. 김대정은 일찍이 사형을 당하여 내가 들을 수 없고, 권미와 장춘은 모두 보통 솜씨에 지나지 않았다. 오직 이마지가 양반들에게 대접을 받은 것은 물론이요, 임금의 총애까지 입어서 두 번씩이나 전악이 되었다.

내가 희량, 백인, 자안, 침진, 이의, 기채, 주지와 함께 이마지에게 거문고를 배웠다. 날마다 집으로 데려왔고 간혹 같이 자기까지 하면서 그의 거문고를 귀가 젖도록 들었는데, 소리가 거문고 밑에서 나오는 것 같고 줄이 울리는 것 같지 않았다. 죽은 뒤에도 그가 독특하게 창시한 '쩨'[*]

---

[*]쩨는 어떤 사람이 성악이나 기악에서 독특하게 창시한 것.

는 세상에 많이 퍼져서 지금 양반집 여종들로 제법 거문고를 타는 자가 있으니, 모두 이마지의 방식을 계승한 까닭에 비속한 버릇은 없다. 전악 김복, 악공 정옥경이 더욱 잘 타니 지금 으뜸가는 명수이고, 상림춘이란 기생도 그럴듯한 정도에 이르고 있다.

가야금은 황귀존이라는 사람이 잘 탔다고 하는데 듣지 못했고, 오직 김복산이 타는 소리는 들었는데 그때는 듣고 아주 감복했으나 지금 와서 생각하면 또한 너무나 질박하다. 근래 늙은 여인네 하나가 대갓집에서 쫓겨나 비로소 자기의 가야금 소리를 세상에 퍼뜨렸는데 섬세하고 묘한 소리는 누구도 겨룰 수가 없었다. 이마지도 정중한 태도로 자기가 따라가지 못한다고 고백하였다. 요사이 정범이란 사람이 판수로서는 가장 잘 타는 축이니 이름이 세상에 널리 알려지고 있다. 세종 시대에는 허오계가 있었다. 또 이승련과 서익성이 있었는데 이승련은 세조에게 인정받아서 군직을 하였고 서익성은 일본 갔다가 죽었다. 지금 김도치란 사람은 나이 여든이 넘었건만 가야금 타는 소리는 변함이 없어 대가로 떠받들고 있다.

아쟁은 옛날 김소재란 사람이 잘 타더니 그 역시 일본 갔다가 죽고 그 뒤로 끊어진 지 벌써 오래다. 지금 임금이 거기까지 생각이 미쳐서 기르는 일에 주력하고 있으니 잘 타는 사람이 다시 계속해서 나온다.

— '음악에 대하여'에서, 《용재총화》

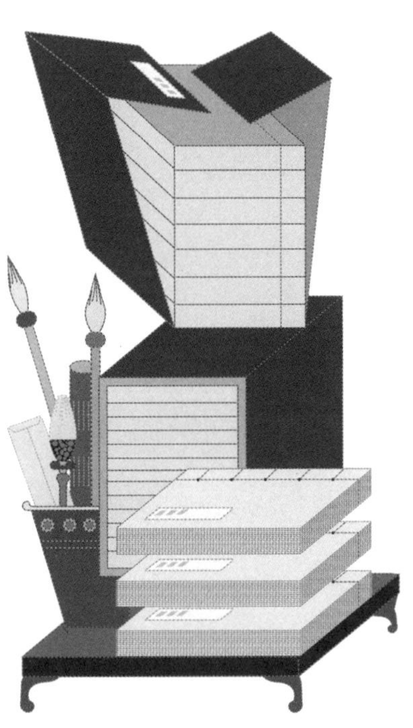

3부

나무꾼과 아낙네의 노래

시인은 가장 맑은 사람이다

―차천로*

천지의 정기 가운데 가장 맑은 것을 타고난 것이 사람이며, 사람 가운데서도 문장가는 가장 빼어난 사람이다. 시는 뛰어난 기운을 정묘한 문장으로 드러내는 글이다.

세상에 인재가 나타나는 것은 고금의 구별이 없다. 언제나 걸출한 인물은 시대의 성쇠를 가리지 않는다. 그러므로 비록 후세의 학자라고 하여 옛사람을 따르지 못한다는 법은 없다. 역사책을 보면 언제나 주목할 만한 인물은 있었다.

우리나라는 문장이 발전하기 시작한 이래 이루 헤아릴 수 없이 많은 작가가 나왔는데, 신라에는 최치원이 있었고 고려 시대에는 이규보 같은 이가 최고 대가로 인정받았고, 그 뒤에도 이색, 이숭인, 정몽주와 같은 이들이 나타났는데 모두 걸출한 시인들이었다.

— '지봉 시집 뒤에 쓴다'에서, 《오산집》

---

* 차천로(1556~1615)는 16세기 후반에 활동한 문인이다. 서경덕의 제자였던 아버지 차식과 아우 차운로와 함께 '삼소'로 불렸다. 임진왜란 때 외교 문서를 맡아 쓰는 제술관으로 활동했으며, 시가 뛰어나 중국에서 높은 평가를 받았다. 한글가사 '강촌별곡'을 썼으며 《오산집》이 전한다.

시는 영원히 성대한 일

—차천로

시는 재능의 높낮이에 따라 사상과 감정을 표현하는 것이다. 시는 지식으로 구하지 못하며 또 억지로 되는 것도 아니다. 또는 곤궁한 처지에서 시의 재능을 발휘하는 이도 있고, 높은 지위에서 발휘하는 이도 있으며, 곤궁한 처지거나 높은 지위거나 재능을 발휘하지 못하는 사람도 있다.

그러므로 문장은 변치 않는 성대한 일이니, 시도 그 가운데 하나다.

— '시가 사람을 곤궁하게 한다는 데 대해'에서, 《오산집》

시는 사상과 감정의 표현

―유몽인[*]

시는 사상과 감정의 표현이다. 제아무리 시어를 잘 다듬었다 하더라도 정작 사상과 그 지향이 결여되었다면 시를 아는 사람은 이를 취하지 않을 것이다.

―《어우야담》에서

시는 무엇을 하는가?

—유몽인

시는 당대 사회풍속을 일깨우는 데 의의가 있다. 풍물이나 경치만 읊는 것이 아니다.

요즘 정승 민몽룡이라는 이는 시인을 배척하면서, "시는 많은 경우에 시속을 풍자하다가 남의 미움을 받기도 하고 더러 시화를 일으키기도 하니 배울 것이 못 된다." 하였다. 뿐만 아니라 그 자신도 시 짓는 재능이 없는 것은 아니었으나 평생 시 한 편을 쓰지 않았다.

상서 정종영이라는 이도 자제들을 훈계하면서 시를 배우지 말라고 했다 한다.

이 두 사람은 자기 한 몸을 위한 처세술에는 능란했으나, 단연코 옛사람들이 삼백 편의 시를 후손들에게 남긴 뜻을 알았다고는 할 수 없다.

—《어우야담》에서

시가 생활을 반영한다

—유몽인

만물의 현상을 묘사하고 형상하는 것은 시인의 재간이다. 내 벗 성여학*은 나라 안에 견줄 이가 없을 만큼 시 짓는 재능이 뛰어나건만 나이가 예순에 나도록 벼슬 한 자리도 하지 못한 채 궁하게 살았다.

시의 품격은 대개 이러하였다.

이슬 듣는 풀섶에 벌레 소리 젖어 있고
바람 이는 가지에 새 꿈이 어지러워.

내 얼굴 아는 이 오직 그대뿐인가
끼니 걱정이 대장부를 휘어잡누나.

궂은 날씨에 꿈길도 흐리구나
가을빛에 시마저 물들었어라.

* 성여학(1557~?)은 조선 중기 시인. 나이 오십에 진사가 되었다. 유몽인이 이정귀에게 성여학을 천거하여 예순 살에 시학교관이 되었다.

이 시구들은 기교를 다해 묘사했으나 시어가 냉담하고 쓸쓸하여 아무래도 영달한 생활의 모습은 아니다. 그러나 어찌 시가 그의 생활을 곤궁하게 하였으랴? 시가 곤궁한 생활을 노래한 것이다.

시는 그 사람이 타고난 성정에서 우러나온다. 시가 생활을 곤궁하게 만드는 것이 아니라 생활이 궁하기 때문에 시가 이러한 것이다.

—《어우야담》에서

김시습의 풍자시

―유몽인

한명회[*]가 그림 한 폭을 얻었는데, 강태공이 위천 기슭에서 고기 낚는 그림이었다. 참으로 명화였다. 이 그림에 곁들일 만한 시를 구하던 참인데, "김시습이 아니고는 이 그림에 어울릴 만한 시를 쓰지 못할 것이다." 하고 모두들 말했다.

그리하여 한명회는 김시습을 자기 집으로 초청하였다. 김시습은 서울 어느 산골에 있다가 이 말을 듣고 찾아오더니 그 자리에서 붓을 들어 시 한 편을 써 주었다.

위천강 낚시터에

낮비 슬슬 뿌리는데

낚싯대 벗을 삼고

세월을 잊었더니

어이타 늘그막에

---

* 한명회(1415~1487)는 조선 세조 때 문신. 세조의 정권 찬탈에 주동으로 참가한 인물이다.

새매 같은 장수 되어

백이 숙제 고사리 꺾다

굶어 죽게 하였는가.*

이 시는 구절마다 풍자하는 뜻을 띠고 있어 읊을수록 애달픈 심정을
누를 수 없다.

—《어우야담》에서

---

* 강태공은 중국 주나라의 신하. 주나라가 은나라를 멸하였을 때 은나라의 백이와 숙제가 지조를 굽
히지 않고 수양산에 들어가 고사리를 캐다가 굶어 죽었다고 한다. 김시습이 강태공 그림을 두고
세조의 정권 찬탈을 도와 많은 사람을 몰아내거나 죽게 한 한명회의 무자비한 행동을 풍자했다.

어려운 것은 구상이다

―유몽인

찬성 박충원*은 글을 지을 때 언제나 초고를 쓰는 적이 없었다. 한참 동안 구상하다가 종이를 펼쳐 놓고 혹은 점을 찍기도 하고 동그라미를 치기도 하며 군데군데 꺾은 획을 지르기도 하였다. 또 가다가는 '비록 그러나'를 쓰기도 하며 '아아' 같은 글자를 써 놓기도 하였다. 이러고 난 뒤에는 단번에 종이에다 써 내려갔는데 한 자도 고쳐 본 일이 없었다.

어떤 이가 그 방법을 물었더니 이렇게 대답하였다.

"무릇 글을 짓는 데 가장 어려운 것은 구상이다. 구상만 다 되면 문장을 엮는 것쯤이야 붓끝에 달렸을 뿐이다."

우리 할아버지(유충관)께서도 글을 지을 때 역시 초고를 쓰는 적이 없었다. 먼저 소재의 대소 곡절을 세심히 생각하고 구상한 다음 종이에 단숨에 쓰고는 조금 고칠 뿐이었다.

신숙은 책문 초안을 쓸 때 베개를 높이 베고 누워서 갓을 벗어 얼굴을 가리고 취한 듯 조는 듯하다가 문득 일어나 붓을 들면 단번에 절반쯤

써 버린다. 이러기를 한 번만 되풀이하면 책문이 완성되었다.

　나는 이 세 분의 글 짓는 방법을 모두 시험해 보았다. 다만 대소 곡절을 낱낱이 머릿속으로만 생각하다가는 더러 잊어버리는 것들이 있어 안타까울 때가 있었다. 그러나 명제를 설정하고 충분히 구상하기만 하면 문장의 수사쯤은 붓끝에서 다듬어지는 것이니 박충원의 방법이 일리가 있다.

—《어우야담》에서

그림과 문장이 같은 점

―유몽인

옛날부터 명화로 알려져 세상에 전해 오는 그림이 있었다.

낙락장송 아래에서 한 사람이 고개를 들고 소나무를 쳐다보는 그림인데 형상이 모두 살아 움직이는 듯하였다. 이래서 천하 명화라고 불렀다.

그러나 처사 안견이 한번 보더니 이렇게 평가하였다.

"비록 잘 그리기는 하였으나 사람이 고개를 들면 목 뒤에 반드시 주름이 잡히는 법인데 그게 없으니 큰 실수로군."

이래서 이 그림은 마침내 버려지고 말았다.

또 명화로 알려진 옛 그림 한 폭이 있었는데 늙은 할아버지가 손주를 안고 숟가락으로 밥을 떠먹이는 장면이었다. 필치가 생동하여 살아 있는 듯하였다.

성종이 이 그림에 대하여 다음과 같이 평가하였다.

"이 그림이 좋기는 하지만 무릇 사람들이 어린애를 밥 먹일 때는 자기 입도 저절로 벌어지는 법인데, 이 그림은 입을 다물고 있으니 격에 맞지 않는다."

이래서 이 그림도 버려지고 말았다.

대체 그림과 문장이 무엇이 다르랴. 조금이라도 진실에서 어긋나면 제아무리 미사여구를 늘어놓았더라도 문장을 아는 사람은 취하지 않는다. 안목이 있는 사람은 이것을 안다.

—《어우야담》에서

안견의 대나무 그림

—유몽인

성종 때 일이다. 중국 사신 김식이 대나무 그림을 잘 그려 시대의 화가로 이름났는데, 우리나라에 왔을 적에 대나무 그림을 감상하고 싶다고 하였다.

이때 안견은 우리나라의 이름난 화가로서 고대 명화가인 곽희와 짝할 만하였다. 중국 사람들도 전부터 안견의 신묘한 필치에 탄복해 있던 참이다.

성종이 안견에게 있는 기교를 다하여 대나무 그림 몇 폭을 그리게 하여 김식에게 보였다.

뜻밖에 김식은 이렇게 평가하였다.

"이 그림이 비록 기묘한 수법으로 그려졌으나 대가 아니라 갈대로소이다."

성종은 본디 그림 그리는 격식을 아는 이였다. 원포에 지시하여 대나무 한 그루를 가져오게 하였다. 그리하여 촘촘하게 달린 잎사귀를 솎아서 좀 성글게 한 다음 섬돌 위에 올려놓고 저녁볕이 비쳐 들 무렵 안견을 불러 그대로 그리게 하였다.

성종이 이 그림을 김식에게 보였더니, 보자마자 깜짝 놀라면서 탄복
하였다.

"이야말로 진짜 대이외다. 중국에서 내로라하는 화가들도 이 그림에
맞설 이가 드물 것이외다."

—《어우야담》에서

문장에서 중요한 것

—이수광[*]

　용재 성현은 "최치원이 비록 시를 잘한다고 하나, 뜻이 섬세하지 못하다." 하였다. 그런데 나는 모든 이가 이 말이 맞다고 하리라고는 생각하지 않는다. 최치원의 시문이라고 어찌 조그마한 흠이야 없을 수 있으랴. 아직 문풍이 확립되지 않았던 신라 때 최치원이 문장으로 이름을 떨쳤으므로 우리나라 사람들이 문장을 말할 때 반드시 최치원을 가리켜 따라갈 수 없는 존재로 여기는 것이다.

　최치원이 쓴 《계원필경》은 모두 대우문[*]으로 되어 있다. 그의 시 "창밖에 밤비만 구슬피 내리는데, 등잔 아래 고향 생각 만리 길이 떠오른다."는 한 연과, "피리 소리에 강물은 넘실거리고 산 그림자에 인생이 오고 가누나."는 가장 아름다운 걸작이다.

✽

* 이수광(1563~1628)은 임진왜란과 정묘호란으로 어지러웠던 사회 변동기에 새로운 사상의 방향을 탐색하고 개척하였다. 조선 사회가 전기에서 후기로 이동하는 가운데 실학파의 선구자 노릇을 한 사람이다. 백과사전이라 할 《지봉유설》을 편찬했고, 《지봉집》이 전한다.
* 대우문은 서로 반대되는 사실이나 비슷한 어구로 짝을 맞춰 꾸민 글.

나는 문장은 자연스러운 것이 중요하고, 사람이 일부러 기교를 부려서는 안 된다고 생각한다. 이런 경지에 이르면 글 짓는 데 힘을 억지로 들이지 않아도 된다. 무릇 문장을 하는 사람은 이 말을 꼭 알아야 한다.

❋

한유는 "글을 짓는 데서 낡아 빠지고 케케묵은 말, 곧 진언(陳言)을 버려야 한다."고 말한 일이 있다.

진언이 무엇인가에 대하여 여러 사람들의 견해를 살펴보면 대체로 옛날 작품을 답습하는 것이라고 한다.

그러나 내 생각에 진언이란 다만 옛사람들의 어구뿐 아니라, 비록 자기 시대의 작품이더라도 내용이 없는 미사여구와 변려문체 등을 그대로 답습하는 것도 여기에 포함된다고 본다.

❋

중국 송나라 문인 강기*가 말하기를, "조각을 하면 문장의 기운을 손상시키고, 부연을 하면 문장의 뼈대를 손상시킨다." 하였다.

그러나 속되고 정화되지 못한 것은 지나치게 조각해서가 아니며, 졸렬하고 굴곡이 없는 것은 지나치게 부연해서가 아니다. 조각을 하지 않고 부연을 하지 않으면 문장이라고 하기 어렵다.

---

* 강기(1155~1221)는 중국 송나라 때 사람. 시를 잘 썼고 시 이론에도 밝았다고 한다.

그러나 조각을 하면서 기운을 손상시키지 않기 어렵고, 부연하면서 뼈대를 손상시키지 않기 어렵다. 그런 까닭으로 문장에서 귀중한 것은 기운과 뼈대일 뿐이다.

✽

당나라 사람은 시를 짓는 데 사상과 감정을 중요하게 여겼다. 그러므로 고사를 많이 쓰지 않았다. 송나라 사람은 시를 짓는 데 고사를 인용하는 것을 숭상했다. 그러므로 사상과 감정은 두드러지지 못했다.

소식과 황정견 같은 사람은 불교 용어를 많이 사용하며 신기하게 하는 데만 힘을 썼는데, 이들 시의 품격이 어떠한지는 잘 모르겠다. 근래에 이 폐해가 더욱 심하여 시 한 편 가운데 고사를 사용하는 것이 반도 넘으니, 이는 옛사람들의 글귀와 어휘를 표절한 것과 거리가 멀지 않다.

✽

옛사람이 "시는 사상과 감정을 중심에 놓는다." 하였고, 또 "모름지기 한 편 가운데서는 글귀를 다듬고, 한 글귀 가운데서는 글자를 다듬어야 뛰어난 작품이 된다." 하였다.

나는 이것을 천 번 다듬어야 글귀를 이루고 백 번 다듬어야 글자를 이룬다고 말하고 싶다. 그러기에 옛 시구에, "다섯 자 글귀를 이루기 위해서, 일생의 정력을 기울여야 한다." 하였으며, 또 "한 글자를 맞게 쓰기 위해 몇 갈래 수염이 많이도 끊어졌노라." 하였다.

시 짓는 어려움이 대체로 이와 같다.

✻

고려 때 사람들 시를 보면 이규보의 웅장하고 풍부한 것과 정지상, 진화의 아름답고 고운 것과 이인로, 이제현의 정밀하고 짜임새 있는 것과 이색의 부드럽고 순수한 것과 정몽주의 호탕하고 뛰어난 것과 이숭인의 그윽하고 함축성 있는 것들이 모두 다 뛰어나다 할 수 있다. 그 가운데 이규보가 가장 큰 솜씨를 가진 시인이다. 이제현은 근체시를 잘하고, 이색은 시와 산문을 다 잘했으며, 이규보의 산문도 호탕하고 웅장하다.

✻

시나 산문이나 길든 짧든 간에 사상과 감정을 따라 써야 하며, 사상이나 감정이 다하면 그만두어야 한다. 한유의 '원도'와 두보의 '북정' 시는 길어도 싫증이 나지 않으며, 한유의 '획린해'와 맹호연의 절구는 짧아도 모자람이 없다.

✻

나는 무릇 글에 조화가 중요하다고 생각한다. 마음속에서 이루어진 문장은 반드시 정교하게 되나 손끝으로 이루어진 문장은 정교하게 되지 않는다. 그런데 세상에는 마음속으로부터 글을 이루는 이가 적으니, 그 글이 정교하지 못한 것은 당연한 일이다.

✽

시는 반드시 온 힘을 다한 뒤에야 훌륭해진다. 그런데 이것은 시인이 가난하고 고단한 생활을 체험해야만 되는 법이다. 근래의 실례만 들어도 이행, 신광한, 정사룡, 임억령, 노수신 들은 오래도록 귀양살이를 하였거나 시골에 돌아가서 오랜 기간 불우하게 지냈고, 백광훈*, 이달, 차천로도 다 가난하고 변변치 못한 집안에서 나왔다. 옛날과 지금에 이러한 사람들을 다 열거하기 어렵다.

✽

우리말로 쓴 가사는 중국의 악부와 견줄 수 없다.

근래 송순, 정철* 들이 지은 가사가 가장 뛰어나지만 다만 사람들이 입으로 전해 널리 알려진 데 불과하니 아까운 일이다.

긴 가사체로 말하면 '감군은', '한림별곡', '어부사' 같은 것이 가장 오래며, 근래에 와서는 '퇴계가', '남명가', 송순의 '면앙정가', 백광홍의 '관서별곡', 정철의 '관동별곡', '사미인곡', '속미인곡', '장진주사'가 세상에 널리 전해지고 있다.

'수월정가', '역대가', '관산별곡', '고별리곡', '남정가' 같은 것은 매우 많으며, 나도 중국에 가면서 지은 노래 두 곡이 있으나 장난삼아 지은 데

* 백광훈(1537~1582)은 조선 선조 때 시인. 과거에 급제했으나 벼슬을 마다하고 방랑하며 시를 썼다. 호는 옥봉.
* 정철(1536~1593)은 조선 명종, 선조 때 문신이자 시인. 호는 송강. 가사 문학의 대가로 '관동별곡', '사미인곡' 같은 가사와 시조 들을 남겼다.

불과하다.

✻

시는 사람의 심리와 사상과 감정을 진실하게 읊을 따름이다. 시가 비록 매우 정교하더라도 한갓 한담에 불과하다면 실제에 아무런 도움이 되지 않는다.

—《지봉유설》에서

그림의 신묘한 경지

―신흠[*]

그림에는 절품이 있고 묘품이 있고 신품이 있다.[*] 화가의 솜씨가 극치에 달하면 절품이나 묘품이 될 수 있다. 그러나 오직 신품은 사람의 솜씨만으로는 미칠 수 없다.

빛깔이나 격식의 틀에서 온전히 벗어난 뒤에야 비로소 신품으로 될 수 있다. 지극히 신묘하다는 것은 본질을 온전히 구현했다는 것이다. 또한 본질을 온전히 구현했다는 것은, 그림에 담고자 하는 사물에서 이탈하지 않고, 그림 자체가 곧 그 사물이라는 말이다. 천지조화의 이치가 바로 그러하다.

― '화가 이정에게 주는 시의 서문'에서, 《상촌집》

---

[*] 신흠(1566~1628)은 선조 때 영의정까지 지냈고, 임진왜란 때는 신립을 따라 전쟁에 참여하기도 했다. 장유, 이식, 이정귀와 함께 고문 사대가의 한 사람으로 꼽힌다. 문장이 뛰어나 외교 문서와 의례 작성에 참여했다. 한시를 많이 썼고 시조도 여러 편 남겼는데 농민들의 소박한 생활을 즐겨 노래했다. 《상촌집》과 《야언》이 전한다.

[*] 그림을 평가하는 기준으로 삼품이 있는데, 절품(비할 데 없이 훌륭한 작품), 묘품(정밀하고 교묘한 작품), 신품(아주 뛰어난 작품)을 말한다.

김생의 '관동도'에 쓴다

—신흠

김생의 솜씨 신묘하기 그지없어

붓끝으로 관동 산수 옮겨 놓았네.

시인과 더불어 경치를 자랑하니

누워서 구경하는 게 신선보다 빠르구나.

—《상촌집》

백광훈의 시

―신흠

옥봉 백광훈의 시는 온전한 기운이 있고, 음률이 청아하다. 색조는 맑고도 소박하고 맛은 아름답고 본받을 만하니, 하늘에서 타고난 것이다. 하늘에서 타고난 것이 아니면 시라고 할 수 없다.

이른바 옛 시를 추종한다고 하면서 만일 하늘에서 타고난 것이 없으면 평생 시를 쓴다고 애쓸지라도 결국 어릿광대 놀음을 하는 데 불과하다. 비유하자면 비단을 말려서 만든 꽃이 아름답지 않은 것은 아니나 생기가 있다고 할 수 없는 것과 같다.

— '백옥봉 시집에 부쳐'에서, 《상촌집》

정철의 시

—신흠

옛사람이 시는 사상과 감정의 발로라고 하였는데 진실로 옳은 말이다. 그런데 정철의 시는 맑고 고상하며 특히 가사는 아름답고도 뜻이 깊다. 시조는 그지없이 고매하여 마치 무지개같이 영롱하며 구슬같이 아름답다.

— '송강 시집에 부쳐'에서, 《상촌집》

고요히 지내는 것

—허균[*]

고요히 지내는 것은 영달한 벼슬아치들 생활과는 다르다. 성현의 글을 읽는 것으로 임금의 가르침을 대신하며, 역사를 읽는 것으로 나라의 조서를 읽는 것에 대신한다. 또 소설을 읽는 것으로 광대놀음을 보는 듯이 하며, 시를 읽어 가곡을 듣는 듯이 한다. 이러한 즐거움을 영달한 벼슬아치들 생활과 어찌 같다고 할 수 있겠는가.

젊은이들의 온갖 병을 다 고칠 수 있으나 오직 속된 병만은 고칠 수 없다. 속된 병을 고치는 데는 오직 책이 있을 뿐이다.

— '한정록'에서, 《성소부부고》

---

[*] 허균(1569~1618)은 조선 중기 문신, 학자. 학식이 뛰어나다는 평을 받았으나, 이단을 좋아하여 도덕을 어지럽힌다는 비판도 함께 받았다. 학문이나 정치를 보는 관점에서 서자를 비롯해 하층민을 대변했다. 광해군 때 역적모의를 했다 하여 참형되었다. 한글 소설 《홍길동전》을 썼고, 《국조시산》,《성소부부고》가 전한다.

시 두 편

―허균

양사언[*]은 '가을 생각'이라는 시에 이렇게 썼다.

한 줄기 연기는 광야에 오르고

저녁 해는 벌판 끝에 넘어가누나.

물노라 남쪽으로 날아오는 저 기러기

우리 집 기별을 가지고 오느냐.

이 시는 품격이 속되지 않고 표현이 빼어나면서도 소박하다.

＊

백광훈은 '서울서 벗을 보내며'라는 시에 이렇게 썼다.

서울 성 밖에 따라 나와서

* 양사언(1517~1584)은 조선 전기 문인, 서예가.

말없이 그대를 보내노라.

저기 강 남쪽을 바라보노니

청산에는 또한 저녁 볕일세.

이 시는 시어가 담박하고 흥미롭다.

―《국조시산》에서

나무꾼 아이와 물 긷는 아낙네의 말

—김만중[*]

사람의 심정이 입으로 나오는 것을 말이라 하며, 말에 가락을 붙인 것을 시가, 또는 문부(文賦)라 한다. 여러 나라 말이 같지 않으나, 그 나라 말을 능숙하게 할 수 있는 사람이 그 말에 가락을 붙인다면 천지와 귀신이라도 움직일 수 있다. 그것은 중국 말만 그런 것이 아니다.

지금 우리나라 시문은 제 말을 버리고 남의 나라 말을 배우고 있는데 비록 그것이 아무리 비슷하더라도 앵무새가 사람을 흉내 내는 데 지나지 않는다. 마을의 나무꾼 아이와 물 긷는 아낙네들이 흥얼거려 서로 화답하는 소리가 비록 비속하다고 하나, 만일 참과 거짓을 따진다면 사대부들의 시부 따위와는 결코 같이 말할 수 없는 것이다.

정철의 '관동별곡', '사미인곡', '속미인곡' 세 편의 가사는 미묘한 조화가 저절로 나타나 조금도 비속함이 없다. 예부터 우리나라의 참된 글은 오직 이 세 편이 있을 뿐이다.

—《서포만필》에서

* 김만중(1637~1692)은 명문가에서 태어나 대사헌과 대제학을 지냈다. 인현왕후의 일로 남해에 유배되어 그곳에서 생을 마쳤다. 김만중은 우리 글로 쓴 문학을 높이 평가했고, 한글로 직접 소설을 쓰기도 했다. 유배지에서 어머니를 위해 '구운몽', '사씨남정기'를 썼으며, 《서포만필》이 전한다.

소설 쓰는 까닭

―김만중

《동파지림》에 이렇게 쓰여 있다.

"항간에 옛이야기를 하는 사람이 삼국시대 이야기를 할 때에 유비가 졌다고 하면 눈물을 흘리고, 조조가 패하였다고 하면 기뻐서 날뛰니 아마도 이것은 나관중이 쓴 《삼국지연의》[*]의 영향인 것 같다."

이제 진수가 쓴 《삼국지》나 사마광이 쓴 《통감》 같은 것을 읽고 울 사람은 없을 것이니, 이것이 곧 통속소설을 쓰는 까닭이다.

―《서포만필》에서

[*] 《삼국지연의》는 중국 명나라 때 나관중이 쓴 역사 소설. 후한 말인 184년부터 진나라 원년인 280년까지 삼국시대를 배경으로, 유비, 관우, 장비가 등장한다.

송과 명, 당나라 시를 배우는 자세

―김창협[*]

중국 송나라 사람들 시는 주로 고사에 의거하여 논의를 많이 하였는데 이것은 시의 큰 병이다. 명나라 사람들이 이것을 공박한 것은 옳다. 그러나 정작 명나라 시인들의 시 작품이 송나라 시인들보다 낫지 못할 뿐 아니라 도리어 이에 미치지 못함은 왜 그런가?

송나라 사람들은 비록 고사에 매달려 논의를 하지만 학문이 축적되고 지향이 쌓여 감정을 촉발하고, 힘차게 심정을 표현하여 격조에 매이지 않는다. 또한 이미 이루어진 법과 양식에 구속되지 않기 때문이다. 그러므로 기상이 호탕하게 넘쳐흘러 때로 오묘한 이치가 발현되었으니, 이를 읽으면 오히려 기질과 정서의 참다움을 볼 수 있다.

그런데 명나라 사람은 너무 법도에 매여 걸핏하면 모방하고 흉내를 내다 보니 자연스러움을 찾아볼 수 없다. 이것이 송나라 사람보다 못한 까닭이다.

---

* 김창협(1651~1708)은 조선 후기 학자로, 기사환국으로 아버지가 처형되자 벼슬자리에서 물러났다. 왕의 명을 받아 송시열의 《주자대전차의》를 교정할 정도로 인정받는 학자였으며, 이이와 이황의 학문을 절충하였다는 평을 받는다. 시문으로 명성이 높았으며, 문집 《농암집》이 전한다.

✼

시는 당나라를 배워야 한다고 하지만 그렇다고 당나라 시와 같아서는 안 된다. 당나라 사람의 시가 품성과 정서를 주로 하고 사물에 많이 의탁하면서 고사에 의거하지 않은 것은 본받을 만하다.

그러나 당나라 사람들은 당나라 사람이고 지금 사람은 지금 사람이다. 그때와 지금이 천백 년이나 서로 떨어졌는데 성음, 기상, 격조를 모두 같게 한다는 이치가 있을 수 없다. 억지로 같게 한다면 나무와 흙으로 된 허수아비로 사람을 본뜬 것일 따름이다. 형체가 비록 뚜렷할지라도 본질은 진실로 여기에 있지 않으니 무엇이 더 귀중한가?

―《농암집》에서

김만중의 문장

—김창흡[*]

사상과 감정이 쌓여서 맑게 소통하고 모든 사물과 거리가 없어지면 자연스레 흘러 문장으로 나타난다. 또한 사상과 감정이 순정한 품성과 만나 움직이면서 훌륭한 문장이 자연스럽게 흘러나온다. 대개 능숙하게 하려고 노력하지 않아도 훌륭하게 되는 것은 맑고 시원스러운 것이 오묘한 경지에 이르기 때문이다.

이것은 문장에서 아주 귀중한 것인바, 김만중의 문집을 두고 하는 말이다.

— '서포집에 부쳐'에서, 《삼연집》

[*] 김창흡(1653~1722)은 김창협의 아우다. 우리나라의 아름다운 자연을 즐겨 노래하고 시문을 평론하는 데 뛰어났다. 아버지가 죽은 뒤 형 김창협과 같이 영평에 은거하였다. 《장자》와 《사기》를 좋아하고 한때 불경도 연구했지만, 성리학과 문장으로 이름을 떨쳤다. 영조가 왕위에 올라 벼슬을 주었지만 끝내 사양했다. 《삼연집》이 전한다.

자연과 마음의 소통

─김창흡

하늘과 땅 사이에 화순한 기운이 소리에 맞아 서로 어그러지거나 떨어지지 않고 사람의 마음과 소통함으로써 자연히 형상을 이루어 운율에 맞게 된다. 그러나 잘못하면 문득 거리가 생겨 소통하지 못하게 된다. 그런데 둘째 형님(김창협)은 이것을 평이하고 간결하게 체득하였는데, 이는 문학과 자연의 이치가 서로 하나가 된 것이다.

─ '농암집에 부쳐'에서, 《삼연집》

산문이면서 시이고 시이면서 음악

—김창흡

뛰어난 풍도와 맑고 심오한 재량은 문학에 종사하는 사람이라면 아주 중요하게 친다.

둘째 형님이 이러한 기상과 자질을 갖춘 것은 인정이 두텁고 맑고 화통한 기상이 일치된 까닭이다.

사물에 비유하여 실정을 표현하는 것이 정당하지 않은 것이 없고, 문장이 퍼져나가고 말을 다듬은 것이 화려하여 갈고 닦지 않은 것이 없다. 체계가 정연하고 운이 원만하니 듣는 이는 청신함을 느끼고 마음이 흐뭇해진다. 그러므로 잘 읽고 음조를 살피는 사람이라면 몸소 이해하고 본뜰 수 있다.

산문이면서 시이고 시이면서 곧 음악인데 모두어 보면 혼연히 일치한다.

— '농암집 뒤에 쓴다'에서, 《삼연집》

시를 아는 데 따로 재주가 있다

—김창흡

나는 거칠고 모자라는 사람이라 백에 한 가지도 해결한 것이 없지만, 시를 쓰는 데 서른 해 동안이나 정력을 쏟아 왔다. 처음부터 격조는 반드시 고상하게, 법도는 반드시 고아하게 할 것을 기준으로 삼아 시인들의 비속하고 조잡한 습성을 바로잡기에 힘썼다.

"시를 아는 데 따로 재주가 있다."고 하는 것이 과연 거짓말이 아니다. 전승해 내려오는 시의 법도에 얽매이는 것은 비루한 짓이다.

— '관복고에 부쳐'에서, 《삼연집》

문장 다듬기를 지나치게 하면

—김창흡

문장을 짓는 사람은 마음속에서 우러나는 느낌이 바깥 사물과 부딪쳐서 구상을 이룰 때 진실성을 잃지 않아야 한다. 그런데 다듬기를 지나치게 하면 도리어 진정한 맛을 잃어버린다. 칠했다 지웠다 하기를 너무 지나치게 하면 도리어 참다운 자태에 손상을 끼친다.

아아, 요즈음 문장의 폐단을 말할 때 간결해서 실패한 것은 적다.

— '우사집에 부쳐'에서, 《삼연집》

이해조[*]의 문장

―김창흡

　　지금 세상의 문장은 바야흐로 베끼고 다듬기에 바쁘다. 그러나 명암 이해조의 문장은 그런 비웃음을 받을 것이 없다. 그러므로 사람을 논할 때 마땅히 기상을 보고, 문장을 논할 때 마땅히 규모를 보아야 한다.

― '명암유고에 부쳐'에서, 《삼연집》

---

[*] 이해조(1660~1711)는 조선 숙종 때 사람. 자는 자동, 호는 명암.

시의 병통에서 벗어난 최효건[*]의 시

—김창흡

시를 쓸 때는 법식이 있어야 하고 따라야 한다. 그러나 거기에 지나치게 매여서도 안 된다.

시는 어떤 것인가? 사상과 감정에 기초하고 사물 현상에 부딪혀서 이루어지는 것이니, 온갖 사물의 무늬가 교차하여 글로 되고, 소리의 미묘한 변화가 운율로 된다.

시인들이 한 가지 격식에만 매달리고 있다. 한 사람의 작품이 표현한 경지와 사실에 따라 모두가 춤을 추니, 전체 작품들의 정서와 운치가 혼동되고 만다. 그리하여 천편일률로 되기 때문에 분별할 수가 없다.

아아, 시가 어찌 이렇게 될 수 있는가? 내가 보건대 시가 병통으로 그 법식에 매달리는 것이 이러하다. 그런데 늦게야 최효건[*]의 시를 읽으니, 참으로 그런 병통에서 벗어났을 뿐 아니라 옛것을 답습하지도 않았다.

— '하산집에 부쳐'에서, 《삼연집》

---

[*] 최효건(1668~1671)은 조선 중기 문신. 병자호란 때 남한산성으로 가는 임금을 뒤따랐다.

우리 말로 쓴 노래와 소설

—김춘택*

우리나라 시인으로 박은*의 작품을 가장 뛰어난 것으로 친다. 다만 어릴 때 작품에서 조잡한 것이 병이다. 만약 오래 살았다면 중국의 소식보다 나았을 것이다. 이는 박은의 재능으로 보아 그렇게 말할 수 있다.

우리 서포 할아버지(김만중)가 지은 고시와 율시 들은 고대 시선집에 함께 넣을 만하다. 당, 송 때 시보다도 더욱 아름다운 시들이 있는데 평론하는 사람들이 어떻게 볼지는 알 수 없다.

❋

우리말로 지은 노래가 우리 악률에 꼭 들어맞는 것은 더 말할 것도 없다. 또한 내용이 의미심장하고 표현이 완곡하고 절실하여, 진실로 사람들을 감동시키고 남는다. 옛 가사를 모방한 것보다 훌륭할 뿐만 아니

---

* 김춘택(1670~1717)은 김만중의 종손으로 대대로 높은 벼슬을 한 집안에서 태어났다. 노론의 중심 가문이라 언제나 정쟁의 한가운데 있었고 여러 차례 유배되었다. 시재가 뛰어나고 문장이 훌륭하다는 평을 들었다. 문집 《북헌집》이 전한다.
* 박은(1479~1504)은 조선 연산군 때 학자, 시인. 한시에 뛰어났다. 갑자사화 때 스물여섯 살 나이로 처형되었다.

라 다른 시문에 비교해 보더라도 훨씬 낫다. 이것은 다름이 아니라 그 시가의 진실성에 차이가 있기 때문이다.

이러한 가사 가운데서 송강 정철의 '사미인곡'과 '속미인곡'은 가장 뛰어난 작품이다.

일찍이 나는 김상헌이 '사미인곡'을 몹시 즐겨 불러서 자기 집 여종들이 모두 그것을 외우게끔 하였다는 말을 들었다. 우리 집에 있는 춘대라는 늙은 여종이 아이 적에 김상헌의 집에서 일을 보았는데 늙어서까지도 옛일을 떠올릴 때면 정철의 구절을 잘 외우고 있었다. 김상헌이 우리나라 말로 된 가사를 이처럼 좋아하였다. 김상헌 같은 이가 그처럼 좋아한 것이 어찌 까닭이 없겠는가?

✻

정철의 '사미인곡'과 '속미인곡'은 우리 글로 된 작품이다. 그가 귀양살이를 하면서 답답한 심정을 그리려고 임금과 신하가 만나고 흩어지는 것을 남녀가 사랑하고 미워하는 관계로 묘사하였다. 마음이 충직하고 뜻이 고결하고 절조가 곧고 말이 우아 곡진하고, 격조는 비분하면서도 정당하여 중국 초나라 굴원이 쓴 '이소'와 견줄 만하다. 우리 집 서포 할아버지께서 일찍이 이 두 가사를 한 책에 손수 베껴 썼다. 정철의 가사가 지닌 광채는 해와 달과 다툴 만하다.

내가 제주도에 귀양 와서 우리 글로 또 다른 '사미인곡'을 지어서 정철의 두 가사에 화답하려고 하였다. 내용인즉 한 낭자가 백옥경 광한전에서 사랑하는 낭군을 모시고 지냈는데, 비록 불행한 경우를 당하여 버림을 받더라도 애정과 자태는 길이 변하지 않으리라는 것이었다. 또 한 낭자는 처음부터 부부의 애정을 이루지 못하고 그만 죄를 얻어 멀리 추방당하였는데 영원히 낭군을 만날 인연이 없고 기약하지 않은 이별만 겪어 한스러워하는 것이다.

이렇게 이 가사는 내용 구성과 문장 표현에서 마치 두 낭자가 서로 만나서 문답하는 것처럼 되어 있다. 그러나 이는 모두 옛날에 이른바 임을 생각하는 여자들이 서로 그 심정을 말한다는 내용을 그린 것이다. 가사의 말은 정철의 가사에 비하여 더 완곡하고 격조는 정철의 가사에 비하여 더욱 심각한 것이 있으니, 곧 내가 오늘 당하고 있는 기막힌 형편을 반영하였기 때문이다.

✳

서포 할아버지는 우리 글로 소설을 많이 지었는데 그중 《사씨남정기》는 다른 것과 예사로 비교할 게 아니다. 그러므로 내가 한문으로 옮기면서 다음과 같이 덧붙여 썼다.

"말과 글로 사람을 깨우침에 있어 인륜을 두텁게 하며 세간의 깨우침을 돕는 것이 어찌 《사씨남정기》만 한 것이 있겠는가? 《사씨남정기》는 본디 서포 할아버지가 지은 것인데, 내용은 부부 처첩 사이의 도덕 관계를 묘사한다. 그렇지만 사람들이 이 소설을 읽으면 탄식하며 눈물을 흘리지 않는 자가 없으니, 이는 역경을 이겨 낸 사 씨의 절조와 유 한림이 허물을 고친 아름다운 행동에 감동되어 그런 것이 아니겠는가. 이런 감동은 사람마다 타고난 천품이며 성정에 갖추어져 있어 그런 것이다. 또한 이 소설을 읽고 격분하며 눈을 흘기게 되는 것은 교채란과 동청의 악함을 미워해서가 아니겠는가."

서포 할아버지가 우리 글로 지은 것은 거리와 마을의 부녀들이 다 읽고 감동하게 하자는 것이니 애초부터 우연히 그렇게 쓴 것이 아니다. 여러 자손들 중에서 나같이 병들고 보잘것없는 사람이 귀양살이하는 처지에 할 일이 없어 한문으로 한 통을 번역하였는데, 자기 역량을 헤아리지 않고 원문에서 덜어내고 보태어 정리하였다. 그러나 서포 할아버지는 성정과 사색이 특히 오묘한 경지에 이르러서 이 글을 지었기 때문에 우리 글로 썼지만 오히려 문장이 아름답고 빛난다. 지금 내가 한문으로 옮겨 놓은 것은 그에 미치지 못한다.

—《북헌집》에서

세상이 이로움과 욕망의 구렁에 빠져 있으니

—이익*

시는 사상을 드러내는 것이다. 말이 있고 사상과 감정이 있는데, 사상과 감정은 깊고 말은 얕다. 그러므로 말은 마칠 수 있어도 사상과 감정은 다할 수가 없다.

＊

우리나라에는 과시와 과표의 형식이 있다.* 이것은 글귀마다 투가 있고 글자마다 모양이 있어서 글 짓는 방법이 매우 어려운 듯하면서도 매우 쉽다. 이런 글로 인재를 선발하여 높은 벼슬을 시키니, 과시와 과표를 잘 쓰지 못하면 남이 비웃을 뿐만 아니라 스스로도 수치로 여겨 아무 데도 소용이 없는 것처럼 생각한다.

* 이익(1681~1763)은 벼슬에는 나아가지 않고 일생을 학자로 지냈다. 실학파의 대가로 정치, 경제, 역사, 철학, 문학, 언어, 풍속 들을 깊이 연구하고 천문, 지리, 생물학, 수학, 의학 같은 자연 과학에도 조예가 깊었다.《성호사설》을 비롯 저작을 많이 남겼다.
* 과시(科詩)는 과거 시험에서 주어진 주제에 따라 짓는 시험용 시이고, 과표(科表)는 과거 시험에서 표문 형식으로 지은 글. 왕에게 올리는 형식을 본떠 문장력과 사상, 충성심을 시험했다.

그러므로 사람들이 어릴 때부터 늙어 죽을 때까지 일생을 과시와 과표 짓는 데 허비하여 한 걸음도 나아가지 못하는 것은, 마치 산천을 뒤집는 큰 홍수에 쓸려 가면서 헤어 나오지 못하는 것과 같다. 그러고 보니 옳은 학문에 뜻을 두고 있는 사람이 도리어 비방과 조롱을 받는다. 온 세상이 모두 이로움과 욕망의 구렁에 빠져 있으니 순수하고 건전한 기풍을 찾아볼 수 없다.

―《성호사설》에서

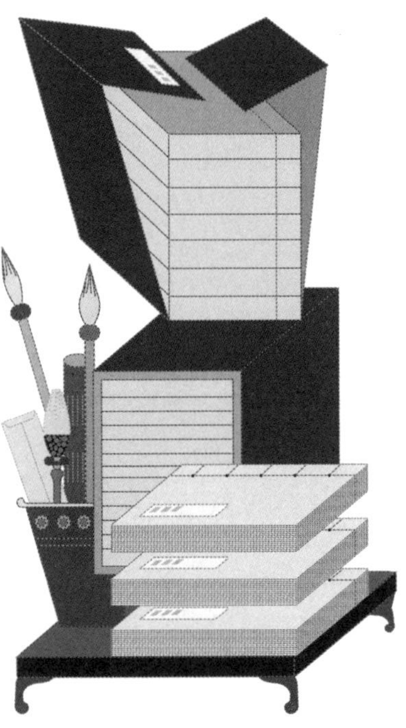

4부

참다운 시는 자기 목소리를 낸다

모든 노래가 민요에서 나왔으니

—홍양호[*]

모든 나라의 노래는 모두 거리와 마을의 구전 민요에서 왔다. 그 내용은 심오한 진리에 바탕을 둔 것으로 사방의 풍속을 보여 주며 정치의 형편을 반영하고 있다. 공자가 "시는 볼만한 것이다."라고 한 것은 이를 두고 한 말이다.

후대에 이르러 시의 문체가 자주 변하면서 시인이 기교만을 앞세우고 진리를 소홀히 하였기 때문에 자연스러운 맛이 없어졌다. 그러나 노래에 반영된 풍속의 차이와 역사의 변화 발전은 가릴 수 없다.

— '풍요속선에 부쳐'에서, 《이계집》

* 홍양호(1724~1802)는 영조 때 학자로 이조판서, 홍문관, 예문관 대제학을 지낸 문신이다. 문장과 글씨 모두 뛰어나다는 평가를 받았다. 경흥 부사 시절에 《북새풍토기》를 썼고, 《영조실록》과 《국조보감》 편찬에 중요한 역할을 했으며 《해동명장전》을 썼다. 《이계집》을 비롯 책을 많이 남겼다.

문장은 호수와 같다

—홍양호

시는 심오한 모든 조화를 꾸미는 하늘의 이치가 피어나는 것이다. 스스로 괴상하여 비속한 데에 물들지 않으며 정답고 아름다워 스스로 이치에 맞는다. 문장은 가슴에서 흘러나와 맑기가 그지없어 마치 호수의 물결이 바람 없이 고요하여 삼라만상을 다 갖추어 나타내는 것 같다.

— '춘암집에 부쳐'에서, 《이계집》

문장이란 글귀를 꾸미는 것이 아니니

-홍양호

문장은 단락이나 글귀를 꾸미고 겉치레하는 것을 이르는 게 아니다. 배워서 모으고 물어서 헤아리며 말을 더듬어 이치를 밝히고 의견을 세워 진리를 옹호하는 것이 모두 문장이다.

모일 때마다 반드시 시문을 지으면 그것은 대수롭지 않은 것이 되지는 않는다. 그렇게 되면 거기에 온 힘을 기울이게 되고 온 힘을 기울이면 좋은 성과를 거둘 수 있다. 그러면 장차 시문이 빛나게 일어날 수 있다.

— '문회재 기문'에서, 《이계집》

옛날과 지금

―홍양호

문장은 진리의 정수다. 진리가 밖으로 나타나서 문장을 이룸은 마치 물에 근원이 있어 물결이 일어나고 나무에 뿌리가 있어 꽃이 피는 것과 같다. 성인의 문장은 마치 해와 달이 하늘에 빛나는 것과 같고, 강물이 대지를 가르며 흐르는 것과 같아서 자연히 형상을 이룬다.

❋

옛날은 그때의 지금이며, 지금은 후세의 옛날이다. 옛날을 옛날이라 함은 연대를 이르지 않고 말로 전할 수 없는 것이 있기 때문이다. 만일 옛날을 귀히 여기고 지금을 천시한다면 그것은 이치를 알지 못하는 말이다.

세상에는 옛날에 뜻을 두고 옛사람들 이름을 사모하면서도 옛날 자취에 매이는 사람이 있다. 이는 바로 음악을 배우는 자가 북을 두드리면서 음악의 변화를 모르고, 맛있는 음식을 탐내는 자가 국을 떠 마시면서 간이 맞는지 어떤지를 모르는 것과 같다. 사람들에게 다만 "나는 옛것을 잘 안다."고 외치기만 하면 되겠는가.

― '계고당 기문'에서, 《이계집》

시는 터져 나오는 소리

—홍양호

사람은 반드시 감정을 움직여 소리를 낸다. 소리는 몸 안에 간직되어 있다가 어떤 계기에 부딪히면 터져 나온다.

사상과 감정이 이 계기와 마주칠 때 운율을 만들어 내며 문장을 이룬다. 이는 자연이 불어 보내는 바람을 사람이 이용하여 악기를 울리는 것과 같다. 마치 여름 하늘에 으르렁거리는 우레나 가을밤에 속삭이는 벌레와 같아서 누가 시키기라도 한 듯이 그 진행을 멈추지 못한다. 그러므로 시에서 표현하는 내용은 때를 따라 영예롭게 울리고 시인의 시 창작은 하늘과 더불어 길이 빛난다.

자기 사상과 감정대로 노래할 수 없다면 이는 벌써 진실이 아니며 저절로 터져 나와 노래한 것이 아니라면 시 정신은 죽어 버린다. 제 사상과 감정이 있는 듯하면서도 없는 듯한 데 묘미가 있으니 시야말로 깊고 묘하다 할 만하다.

— '시에 대하여', 《이계집》

마음 그대로 우러나온 시

―홍대용[*]

노래는 자기 감정을 표현한다. 감정이 말로 표현되고 그 말이 글로 이루어진 것이 노래다. 기교에만 매달리지 않고 생각이 우러나오는 대로 자연스럽게 진심에서 흘러나온 것이 좋은 노래다. 《시경》 가운데 〈국풍〉은 대부분이 백성들 노래를 수집한 것이니, 이 노래들은 '강구요[*]'의 지극히 선하고 지극히 아름다운 것만은 못하나 진실로 모두 그 시대 백성들의 진정한 심정에서 우러나온 노래들이다. 그러므로 나라에서 수집하고 태사[*]가 채택하여 악기에 맞춘 다음 왕궁 연회에 사용하였다. 서당 선비들과 들판 농부들까지도 부르게 하여 그들이 모두 기뻐하고 감동해서 자기도 알지 못하는 사이에 날마다 착한 데로 나아가게 하였다. 시의 가르침은 밑에서 위로 올라가기 때문이다.

실로 마을에서 불리는 가요는 자연스러운 소리에서 나온다. 가락과

박자는 비록 나라마다 서로 구별이 있으나, 좋고 나쁜 것은 그 시대 그 고장의 풍속에 좌우된다. 그리하여 장과 절을 떼고 운율에 맞추어 사물에서 느낀 바를 언어로 형상하는 점은, 실로 곡조가 다를지라도 기교는 같다. 지금 음악이 예전 음악과 같은 점이다.

그런데 노래의 사연이 옛것을 본보기로 하지 않고 사연이 비속하다고 해서 나라에서 숭상하지 않고 태사가 수집하지 아니한다. 제때에 음률에 맞추어 나라에 바치지 못하게 된다면, 그 시대 정치의 성공과 실패의 자취를 뒷사람이 살필 수 없게 되는 셈이다. 이쯤 되면 시가가 아주 심하게 쇠퇴하고 만다. 사대부들이 우리말로 가요를 짓는 것을 좋은 일로 생각하지 않아 대부분 평민들이 쓰다 보니 그 말이 천박하고 저속하다는 까닭으로 위정자들이 모두 취하지 않았다.

그러나 《시경》에서 이른바 '풍'이란 것도 본디 민요로 돌아다니는 흔히 주고받던 사연이다. 그때 그 노래를 듣던 사람이 어찌 지금 사람이 오늘의 노래를 듣는 것과 같지 않겠는가. 오직 입에서 부르는 대로 곡조를 이루었어도 사연은 마음 그대로 우러나온 것이다. 또한 꾸미지 않고도 진실한 내용이 흘러나왔다면 나무꾼이나 농부가 부르는 노래라도 자기 심중에서 나온 것이다. 이는 사대부들이 고루한 형식에 매달려서 글자만 옛것대로 꾸며 놓아 시가의 본뜻에서 어긋난 것보다는 도리어 낫다.

그러므로 노래를 진실로 잘 아는 자는 누가 부르는지에 매이지 않고 노래에 담긴 뜻을 잘 헤아린다. 풍요가 듣는 사람들을 기쁘게 하고 감동시켜 백성을 고무하고 풍속을 바로잡는 뜻은 예나 지금이나 다를 것이 없다. 또한 다른 사물에 비유하거나 딴 말을 빌려 올 수 있다. 어진 선비가 그릇된 현실을 근심하고 진실한 옛것을 그리워하는 노래를 부른다면 충성하고 사랑하는 뜻을 말로 다 할 수 없을 만큼 담아낼 수 있다.

이것은 《시경》에 담긴 뜻을 깊이 체득한 것이어서 그 말은 쉬우면서도 간명하고 그 뜻은 순수하면서도 뚜렷하여 어린아이들까지도 모두 듣고 알 수 있는 것이다. 이른바 아래에서 위로 올라가는 시의 가르침을 행하고자 한다면, 이것을 버리고 달리 무엇을 취할까.

이에 나는 고금을 통하여 내려오는 풍요를 신중히 채집하여 두 책을 편찬하고 이름을 《대동풍요》라고 하였는데 모두 천여 편이요, 또 별곡 수십 수를 뒤에 붙여 태사에게 자료로 제공하니, 나라에서 민간 풍속을 아는 데 도움이 될 것이다. 이 가운데 실려 있는 잡되고 희롱조로 된 노래들은 공자가 정나라, 위나라의 시가들을 버리지 않은 뜻과, 주자가 말한 "그것을 보고 스스로 반성할 바를 생각하여 권선징악하게 한다."는 교훈을 적용한 것이니, 특히 윗자리에 있는 이들이 알아야 할 것이다.

— '대동풍요에 부쳐', 《담헌서》

육조음[*]에게 부치는 편지

─홍대용

나는 열예닐곱 살 때부터 우리 거문고를 약간 탈 줄 알았는데 오랫동안 연습한 결과 묘리를 이해하게 되었습니다. 속된 세상 생각을 씻어 버리고 울적한 심정을 맑게 하는 데는 시나 술보다 나았습니다. 그리하여 보통 어디를 갈 때 반드시 거문고를 싸 가지고 다니면서 바람이 맑고 달 밝은 곳이나 산수 좋은 곳처럼 그냥 지나칠 수 없는 데서는 기분 좋게 한 곡조를 고르며 즐거워서 일어설 줄 모릅니다.

그러니 때로 가무를 잘하는 기생들과 마주 앉아서 흥겹게 노는 것이 옳지 못한 일임을 깨닫지 못하였습니다. 이에 대하여 나를 아는 자는 방탕한 행동이라고 책망하고 나를 모르는 자는 광대로 지목하니, 남이 많이 떠드는 것을 두려워해야 하지만 이쯤이야 말할 바도 못 된다고 생각합니다. 오직 허랑한 자는 나를 소탈하다 좋아하고 몸조심하는 사람은 나를 정신이 나갔다고 비웃습니다. 이러므로 방탕한 자들과 날마다 가까워지고 단정한 선비들과 날마다 멀어져서 점차 유림의 폐물로 되

---

*육조음은 중국 청나라 시대에 서문과 시화로 이름이 높았던 사람. 홍대용이 중국에 갔을 때 사귀었는데 조선에 돌아와서도 편지를 주고받았다.

었던 것입니다.

그러다가 몇 해 전부터 자못 스스로 잘못을 깨닫고서 집에 들어앉아 과오를 반성하고 경서와 역사서를 읽습니다. 분잡하고 화려한 생각을 끊어 버리고 잡류들을 멀리하고 겨를이 있으면 거문고로 즐길 뿐입니다. 이렇게 함으로써 행여나 처음 양심을 찾아내어 늘그막에라도 잘못을 고치기를 바라나, 몸조심하지 않는다는 책망과 광대라고 하는 소리가 끊임없이 들려옵니다. 이것은 내가 덕행을 옳게 가지지 못하고 학문을 하지 않은 탓이니, 남들이 시비하는 것은 당연한 일입니다. 여기에서 대소(크고 작은 것)와 청탁(맑은 것과 흐린 것)의 차이는 당신에게 비할 것이 못 되지만 사정이나 형편이 비슷하니, 어린아이들 노래가 명철한 사람의 거울로 될 수도 있지 않겠습니까.

— '육조음에게', 《담헌서》

손유의*에게 부치는 편지

─홍대용

평소에 노래나 시를 즐기지 않았는데 근래 와서 병중에 있으면서 심심하여 우연히 《소명선시》*를 보고서 비로소 시에 매우 마음이 끌렸습니다. 그런데 저는 재주가 저열할 뿐만 아니라 성격이 본디 편협하고 말을 함부로 하는 버릇이 있는 데다가 또 궁하게 지내면서 울적한 심정을 버리느라고 때로 마음대로 성을 내어 제 분수에 맞게 정신을 수양하지 못하였습니다. 이는 제 원래 병의 뿌리 깊은 원인이 다만 시학(詩學)의 결함일 뿐만이 아니었습니다. 이번에 당신의 비판을 받고 더욱 반성하지 않을 수 없는 까닭이기도 합니다.

시는 함축성이 매우 중요하니, 차라리 졸작이 될지언정 재주 부리기에 흐르지 말아야 하고, 반드시 건전한 시상이 뒷받침되어야 합니다.

— '손용주에게'에서, 《담헌서》

---

* 손유의는 홍대용이 청나라에 갔을 때 만나 사귄 학자. 호는 용주.
*《소명선시》는 중국 양 무제 아들 소명태자가 편한한 시문집.

반정균*에게 부치는 편지

—홍대용

보내 주신 시편을 대하매 성의에 감복하오나 상복을 입은 몸이라 시가를 읊을 때가 아닙니다. 아직 하나하나 연구하지 못하고, 함부로 칭송하는 글을 쓰지는 못한 채 다만 감상하면서 감탄할 뿐입니다.

시를 평론하는 데 어찌 일정한 틀이 있겠습니까. 말이 논리에 맞으면 자유자재로 말하여도 잘못이 없습니다. 마치 맹자가 시를 이야기하며 형식을 태반이나 버리고 전적으로 본뜻만을 골라 취한 것처럼 지금도 필요하고 적절한 방법이라 여깁니다.

— '반추루에게'에서, 《담헌서》

---

* 반정균은 중국 청나라 사람으로 문장과 서화로 이름을 날렸다. 홍대용이 중국에 갔을 때 사귀어 조선에 돌아온 뒤에도 편지를 주고받았다.

글을 짓는 데는 오직 진실해야

―박지원[*]

글은 뜻을 나타내면 그만이다. 누구는 제목을 놓고 붓을 잡은 다음 갑자기 옛말을 생각하고 억지로 고전의 사연을 찾으며 뜻을 근엄하게 꾸미고 글자마다 장중하게 만든다. 이것은 마치 화가를 불러서 초상을 그릴 적에 용모를 고치고 나서는 것과 같다. 눈동자는 구르지 않고 옷은 주름살이 잡히지 않아서 보통 때 모습과 달라지고 보니 아무리 훌륭한 화가라도 진실한 모습을 그려 내기는 어려울 것이다. 글을 짓는 사람인들 또한 무엇이 다르랴?

말은 큰 것만 해서 맛이 아니다. 한 푼, 한 리, 한 호만 한 일도 다 말할 수 있다. 기왓장이나 조약돌이라고 해서 내버릴 것이 무엇이냐? 그렇기 때문에 중국 초나라의 역사는 도올[*]이란 모진 짐승의 이름을 빌려

---

[*] 박지원(1737~1805)은 노론 명문가에서 태어났으나 벼슬에 뜻이 없어 과거를 보지 않았다. 홍대용과 깊이 사귀었고, 박제가, 이덕무, 유득공, 이서구 들의 스승이자 벗이었다. 문학, 철학, 사회, 사상, 행정, 과학, 음악 따위에 두루 학식이 깊어 당대 사람들뿐 아니라 후대에까지 큰 영향을 미쳤다. 소설 십여 편, 시 사십여 수, 여러 문학론과 사회 개혁 사상, 편지글이 《열하일기》와 《연암집》에 담겨 있다.

[*] 도올은 전설 속 사악한 짐승이자 초나라 역사책 이름. 초나라는 악을 경계하기 위해 이 이름으로 역사를 썼다.

서 썼고, 사마천이나 반고와 같은 역사가도 사람을 죽이고 무덤을 파헤치는 흉악한 도적놈들의 사적을 서술하였다. 글을 짓는 데는 오직 진실해야 할 뿐이다.

이렇게 본다면 잘 짓고 못 짓는 것은 내게 있고 헐뜯고 칭찬하는 것은 남에게 있는 것이니, 마치 귀가 울고 코를 고는 것과 같다.

어린아이가 놀고 있다가 자기 귀가 잉 하고 우니 그만 혼자서 좋아했다. 그래서 그 아이는 동무 아이에게 말하였다.

"너 이 소리 좀 들어 보아라. 내 귀에서 잉 하는 소리가 나는구나! 피리 부는 소리가 다 들린다. 마치 별처럼 동그랗게 들린다."

동무 아이가 귀를 맞대고 아무리 들으려고 해도 들리지 않아 안타까워하니 그 아이는 딱한 마음에 소리를 지르면서 남이 들어 줄 수 없는 것을 한스럽게 여겼다.

일찍이 시골 사람과 같이 자는데 그 사람이 드르렁드르렁 코를 골았다. 휘파람을 부는 듯, 탄식을 하는 듯, 천천히 숨을 쉬는 듯, 불을 부는 듯, 물이 끓는 듯, 빈 수레가 덜컥거리는 듯한데 들이쉴 때에는 톱을 켜다가 내쉴 때에는 돼지처럼 씨근거렸다. 옆 사람이 잡아 일으키니 그는 불끈 골을 내면서 말하였다.

"내가 언제 코를 골았단 말요?"

아아, 자기가 혼자만 아는 것은 남이 몰라주어서 걱정이고, 자기가 깨닫지 못하고 있는 것은 남이 일깨워 주어도 마땅치 않다. 어찌 코나 귀에만 이런 병이 있겠는가? 글을 짓는 것은 더한층 심하다.

귀가 우는 것이 병인데 그것을 몰라준다고 걱정하니 이것이야말로 병이 아니고 무엇인가? 코를 고는 것은 병이 아닌데 남이 일깨워 주어도 골을 내니 더군다나 병인 경우이랴.

이 책을 보는 사람이 기왓장이나 조약돌과 같이 내던지지 않는다면 화가의 붓끝에서 흉악한 도적놈의 협수룩한 대가리가 살아 나올 것이며, 남의 귀가 우는 것은 듣지 않더라도 코를 고는 것만 일깨워 준다면, 이는 글쓴이의 뜻이다.

— '공작관문고 머리말', 《연암집》

잃어버린 예법은 시골로 가서 찾아야

—박지원

아하, 잃어버린 예법을 먼 시골로 가서 찾아야 한다더니 과연 그렇구나.

이제 온 중국은 머리를 깎고 옷깃을 왼쪽으로 여미는 오랑캐 풍속으로 바뀌어 옛 중국의 의복 제도를 알지 못한 지 이미 백여 년이다. 오직 연극 마당에서만 검은 모자와 둥근 옷깃과 옥띠와 상아 홀을 차리고 논다. 아하, 중국의 옛 늙은이로 남아 있는 사람도 없을 테지만 혹시 지금 사람으로 이것을 보며 얼굴을 가리고 차마 딱해하는 사람은 있는가? 또 혹시 이것을 재미있게 보면서 옛 제도를 상상하는 사람이 있는가? 사신 행차를 따라 중국에 갔던 사람이 남방 사람과 만나서 이야기하던 중 남방 사람이 말하였다.

"우리 시골에 머리 깎아 주는 집이 있는데 밖에다가 '좋은 세상의 즐거운 일'이라고 써 붙였소그려."

그리고 한바탕 크게 웃더니 조금 뒤에는 눈물이 핑 돌더라고 한다.

내가 듣고 슬퍼하면서 말하였다.

"습관이 오래면 천성이 되는 것인데 이미 세상이 그 습관에 젖어 있으니 어떻게 변할 수 있겠느냐? 우리나라 아낙네의 옷이 바로 이 일과 비슷하다. 아주 오랜 옛 제도로는 아낙네 옷에도 띠가 있었으며 소매가 넓고 치마가 길었다. 요새는 윗옷은 겨우 어깨를 덮고 소매는 팔뚝을 감기나 하듯이 바짝 좁아서 요망스럽고 꼴사나운 품이 한심스러울 정도인데, 각 고을 기생들 옷차림은 도리어 옛 제도를 보존하여 쪽에 비녀를 지르고 원삼에 선을 둘렀다. 지금 넓은 소매가 너울거리고 긴 띠가 치렁거리는 것을 보면 한결 좋은 것은 사실이다. 하지만 예법을 아는 사람이 요망스럽고 꼴사나운 모양을 고쳐 옛 제도로 돌아가자고 하더라도 세상에서는 지금의 습관에 젖은 지 오래고 또 넓은 소매와 긴 띠가 기생 옷차림인 만큼 그 옷을 찢어 던지면서 자기 남편을 욕하지 않을 아낙네가 있겠는가?"

이홍재 군이 스무 살쯤부터 나한테서 공부하다가 그 뒤에는 중국 말을 배우러 갔다. 본디 집안이 대대로 역관인 까닭에 나도 더 그에게 문학 공부를 권하지 못했다. 이 군이 한어를 다 배우고 나서 관리의 복장을 차리고 사역원(외국어 번역과 통역 일을 맡아 보던 관아)에 다녔다. 나는 그전 그가 공부할 때는 제법 총명해서 글 짓는 묘리를 능히 알았다고 하지만 이제는 몽땅 잊어버렸을 것이니 총명이 헛되이 된 것을 한탄했다.

하루는 이 군이 자기 글을 모아서 《자소집》이라 하고는 나에게 보아 달라고 하였다. 논(論), 변(辯), 서(序), 기(記), 서(書), 설(說) 들 백여 편인데 내용은 모두 해박하고 논리는 창달하여 작가다운 규모를 완성하고 있었다.

내가 처음에는 의아해서 물었다.

"본업을 내버리고 쓸데없는 일에 종사하는 것은 무슨 까닭인가?"

이 군은 대답하였다.

"이게 본업이요 또 쓸데가 있습니다. 외교 관계는 글을 잘 쓰는 것보다 더 좋은 일이 없고 옛 관례를 아는 것보다 더 필요한 일이 없습니다. 사역원 사람들은 밤낮 공부하는 것이 고문*이요, 시험 제목도 모두 거기서 나옵니다."

그래서 나는 얼굴빛을 고치고 탄식하면서 말하였다.

"선비 집안 사람들은 어려서 능히 글을 읽기 시작하지만 자라서는 공령문체를 배우고 사륙문체를 익히게 되네.* 한번 과거에 오르고 나면 아무짝에도 소용없는 물건이 되고, 과거에 오르지 못하면 머리털이 허옇게 되어서도 거기에만 골몰해 있네. 고문이란 것이 있다는 것을 어떻게 알 길이 있겠는가? 통역하는 일은 선비 집안에서 천하게 여기는 것일세. 앞으로 천 년 동안 책을 쓰고 이론을 세우는 일을 아전이나 서리의 오죽잖은 기교로 보아 버린다면 결국 연극쟁이의 검은 모자와 기생의 긴 치마처럼 되지 말란 법이 없네."

나는 이런 것을 걱정하면서 《자소집》에 머리말을 썼다.

"아하, 잃어버린 예법은 먼 시골로 가서 찾아야 한다. 옛 의복을 보려

---

* 고문은 중국 진(秦)나라 이전 시대의 고전 문헌에서 사용한 문체. 박지원도 이 문체를 썼다.
* 공령 문체는 과거 시험에서만 쓰이는 특수한 문체다.

면 마땅히 배우한테 가서 찾을 것이요, 아낙네의 고아한 옷을 찾으려
면 마땅히 각 고을의 기생을 볼 것이다. 그와 함께 문장이 발전되어
가는 것을 알려 하니 내가 참으로 통역하는 일에 종사하는 미천한 그
네들을 보기 부끄럽다."

— '자소집에 부쳐', 《연암집》

시다운 생각이 담겨 있는 글

―박지원

아하, 벌레 수염, 꽃 잎사귀, 파란 돌, 비췻빛의 새 깃이라는 글자의 뜻이 변하지 않았고, 솥발, 병의 배때기, 해의 고리, 달의 테두리라는 글자의 형체가 아직도 완연하다. 그리고 바람, 구름, 우레, 번개, 비, 눈, 서리, 이슬, 나는 것, 물속으로 잠기는 것, 걷는 것, 뛰는 것, 웃는 것, 우는 것, 끽끽거리는 것, 휘파람 부는 것 들에서 소리와 빛깔, 사연과 환경이 모두 지금까지 고스란히 그대로다. 그렇기 때문에 《주역》을 읽지 않으면 그림을 모를 것이요, 그림을 모르면 글도 모를 것이다.

왜 그런가? 복희씨*가 《주역》을 만들 때 한쪽에 치우칠세라 위를 쳐다보고 아래를 굽어보아 한 획을 없는 데도 묘리를 다하였다. 이렇게 해서 그림이 되었다. 창힐씨가 글자를 만드는 데도 내용을 들어 보이고 형상을 그려 내며 또 그 형상과 뜻을 빌려서 한 것이다. 이렇게 해서 글로 되었다.

그렇다면 글에서 소리가 나는가?

* 복희씨는 중국 고대 전설에 나오는 임금으로, 위로 천문을 보고 아래로 지리를 보아 처음으로 팔괘를 만들었다고 한다.

이윤[*]이 대신으로 나서고 주공[*]이 숙부의 몸으로 나섰을 때, 그들의 말을 내가 들어 본 일은 없으나마 그 목소리를 상상해 보면 아주 간곡했을 것이며, 백기의 외로운 아들과 기량[*]의 홀로 된 아내도 내가 얼굴을 보지는 못했으나마 그 목소리가 간절했을 것이다.

글에서 빛깔도 생기는가?

《시경》에 "옷에도 비단과 실을 섞어 짠 옷이 있고 치마도 비단과 실을 섞어 짠 치마가 있다." 하였고, 또 "검은 머리가 구름 같으니 다리를 드리지 않았네." 하였다.

정이란 어떠한 것일까?

새가 지저귀고 꽃이 피고 물이 퍼렇고 산이 푸른 것이다.

경(境)이란 어떠한 것일까?

멀리 보이는 물에는 물결이 일지 않고 멀리 보이는 산에는 나무가 보이지 않고 멀리 보이는 사람은 눈이 보이지 않는다. 손가락으로 가리키는 사람은 말하는 사람이고 팔장 끼고 있는 사람은 듣는 사람이다.

그러므로 늙은 신하가 어린 임금에게 고하는 마음과 외로운 아들이나 홀로 된 아내의 사모하는 마음을 알지 못한다면 그런 사람과는 소리

---

[*] 이윤은 기원전 18세기쯤 중국 은나라의 대신으로 탕 임금을 도와 하나라를 정벌하였다. 그 뒤 탕 임금의 손자 태갑이 무도하여 왕위에서 내쫓았다가 뉘우치는 것을 보고 다시 맞아들여 왕으로 받들었다고 한다.
[*] 주공은 중국 주 무왕의 아우. 무왕이 죽은 다음 어린 조카를 도와서 주 나라의 터전을 공고히 하였다고 한다.
[*] 기량은 중국 제 나라 사람. 기량이 죽으니 그 아내가 하도 슬피 울어서 성이 그만 무너져 버렸다고 전한다.

를 이야기할 수 없다. 그와 함께 시다운 생각이 담겨 있지 못한 글이라면 그런 작가는 《시경》에서 보여 주는 빛깔을 안다고 할 수 없으며, 사람으로서 이별을 겪어 보지 못하고 그림으로써 먼 곳을 나타내지 못한다면 그런 사람과는 문장의 정과 경을 논할 수 없다. 벌레 수염과 꽃 잎사귀에 관심이 없다는 것은 글을 지을 만한 생각이 없다는 말이다. 삼라만상을 세심하게 따지지 않는 사람은 글자 한 자를 모른다고 보아도 좋은 것이다.

— '종북소선 머리말', 《연암집》

이덕무*의 시는 조선 노래다

―박지원

자패*가 말하였다.

"데데하구나, 이덕무가 지었다는 시야말로. 옛사람을 배운다고 하는 데도 그 비슷한 것도 볼 수가 없다. 형상이 조금도 비슷하지 못하거니 어떻게 운율인들 비슷하랴? 시골뜨기의 서투른 티를 벗지 못하고 시골 사람의 시시한 사연을 늘어놓고 있다. 그것은 현재의 시지, 옛날의 시는 아니란 말이다."

내가 그 말을 듣고 크게 기뻐하면서 이야기하였다.

"이건 이런 것이다. 옛날을 기준으로 삼아 지금을 본다면 지금이 참으로 비속하게 보인다. 옛사람들 스스로가 자기네를 볼 때도 그것이 꼭 옛날이 아니라 역시 지금일 뿐이었다. 그런데 세월은 흐르고 흘러 풍속과 가요도 자꾸 바뀐다. 아침나절 술을 마시던 사람이 저녁때 그 자리를 떠나고 없으니, 천년이고 만년이고 이제부터 옛날이 시작되는 것이다.

---

* 이덕무에 대해서는 204쪽 참고.
* 자패는 유금(1741~1788)의 자. 유득공의 숙부로 다른 이름은 유연.

그러니까 지금이란 것은 옛날에 대한 말이요, 같다는 것은 다른 것과 비교하는 말이다. 대개 같다고 말할 때는 같은 데 지나지 못하고 다른 것이라고 말할 때는 다른 것으로 될 뿐이다. 비교한다는 것은 벌써 다른 것을 의미하는 것이다. 바로 다른 그것으로 된다는 것은 내가 모를 소리다.

종이가 희다고 먹칠까지 마찬가지로 흴 수는 없으며 그림이 아무리 꼭 그 사람을 본떴다 해도 말을 하지 못한다. 저 우사단 아래 도동 골목* 안에 푸른 기와로 사당을 지어 놓았는데 그 속의 시뻘건 상모와 뻗친 수염은 영락없는 관운장(중국 촉한의 무장 관우)이다. 학질을 앓는 사내나 여자를 그 아래 데려가 놓으면 혼비백산해서 춥고 떨리던 증세도 그만 다 떨어지고 만다. 그런데 어린아이 놈들이 무엄하게 감히 무서운 줄도 모르고 그 눈을 쑤시는데 눈망울이 구르지 않고 코를 쑤시는데 재채기도 하지 않는다. 그저 흙으로 만든 덩그마니 앉아 있는 조각에 불과한 것이다.

이렇게 보면 수박을 겉만 핥고 후추를 통으로 삼키는 사람과는 맛을 이야기할 수 없으며, 이웃 사람의 초피 갖옷이 부럽다고 한여름에 빌려 입고 나서는 사람과는 사계절을 이야기할 수 없다. 조각에다가 아무리 씌우고 입히고 해 봤자 천진스러운 어린아이들을 속이지는 못한다.

---

* 우사단은 옛날 서울에서 기우제를 지내던 곳으로 남산 서편 기슭에 있고, 도동은 우사단 아래 동네 이름인데 그곳에 남관왕묘가 있었다.

무릇 시대를 딱하게 생각하고 세속 사람들을 마땅치 않게 여기기는 굴원만 한 사람이 없는데도, 그도 초나라 풍속이 귀신을 많이 위하자 귀신을 위한 노래를 지었다. 또 한나라는 진나라를 이어서 그 성읍을 그대로 차지하고 백성을 그대로 다스리면서도 법률만은 그대로 좇지 않고 단 세 가지 조문으로 갈아 버렸다.[*]

이덕무는 조선 사람이다. 산천과 기후가 중국과 다르고 언어와 가요가 한나라나 당나라와 다르다. 그런데도 중국 것을 본뜨고 한나라, 당나라를 모방한다면 수법이 높을수록 내용이 비속하고 문체가 비슷할수록 사연은 거짓에 가깝다.

우리나라가 구석지긴 해도 역사가 있는 나라요, 신라와 고구려가 소박하나마 민간의 아름다운 풍속도 많다. 그 말을 글자로 옮겨 놓고 그 민요를 운율에 맞추기만 하면 자연스럽게 문장을 이루어 참다운 맛이 드러날 것이다. 옛것을 본받거나 남의 것을 빌려 올 것 없이 현재 있는 그대로를 가지고 모든 것을 표현할 수 있다. 바로 이덕무 시가 그렇다.

아, 《시경》에 올라 있는 삼백 편의 시란 것도 새, 짐승, 풀, 나무의 이름을 나열하지 않은 것 없고, 거리와 마을의 사내와 여자가 서로 지껄이는 말에 지나지 않는다. 이 고장 저 고장의 기풍이 다르고 이 강 언덕과 저 강 언덕의 풍속이 같지 않은 까닭에 《시경》을 편찬한

---

[*] 기원전 202년 중국 한나라 유방이 진나라 수도를 함락시킨 다음 모든 법률을 다 폐지하고, 사람을 죽인 자는 죽이고 사람을 상하게 하거나 도적질한 자는 벌을 받는다는 세 조문만을 실시하였다.

사람이 고장별로 따로 모아서 기풍과 습속을 참고한 것이다. 이덕무의 시를 옛날 시가 아니라고 어찌 의심할 일이 있을까?

만약에 성인이 중국에서 또 나와 각 나라의 기풍과 습속을 알려고 한다면 《영처고》를 보아야만 삼한에서 나는 새, 짐승, 풀, 나무의 이름도 많이 알게 될 것이고, 강원도 사내와 제주도 여자의 성정도 짐작하게 될 것이다. 그러므로 이 시들은 《시경》 가운데 있는 각 고장의 노래나 마찬가지로 조선 노래라고 볼 수 있다."

— '영처고에 부쳐', 《연암집》

조그만 재주라도 모든 것을 잊고

— 박지원

비록 조그만 재주라도 모든 것을 잊고 덤벼야 성공할 수 있다. 더구나 도처럼 큰 것에서랴.

최흥효[*]는 나라에 이름난 명필이다. 일찍이 과거를 보러 가서 글을 쓰다가 그중 한 글자가 왕희지의 글씨와 유사하여 하루 종일 들여다보고 앉았다가 차마 그 글을 바치지 못하고 품에 품은 채 돌아왔다. 이쯤 되면 어지간한 일쯤은 이롭고 해로움을 전연 마음속에 두지 않은 것이다.

이징[*]이 어려서 다락 위에 올라가 그림을 익히고 있는데, 집에서는 그가 있는 곳을 몰라서 사흘 동안이나 돌아다니다가 겨우 찾아냈다. 아버지가 화가 나서 볼기를 쳤더니 그는 흘러내리는 눈물을 가지고 새를 그리고 있었다. 이것은 그림에서 영예와 욕됨을 다 잊었다 말해도 될 만하다.

학산수는 나라에 이름난 명창이다. 산속에 들어가서 노래 공부를 할

---

[*] 최흥효(1370~1452)는 조선 전기 문신, 서예가. 초서에 뛰어났으며 나라의 중요한 외교 문서를 많이 썼다고 한다.
[*] 이징(1581~?)은 조선 후기 화가. 화원으로 일했으며, 중국인 화가 맹영광과 교류하기도 했다.

적에 한 곡조를 부르고는 나막신 속에 모래 한 알씩을 던져서 그 나막신이 모래로 가득 찬 뒤에야 집으로 돌아왔다. 한번은 도적을 만나서 죽게 되었는데 바람결 따라 노래를 불렀더니 도적들도 모두 심회가 울적해져서 눈물 흘리지 않는 자가 없었다. 이것은 바로 죽음과 삶을 마음속에 두지 않은 것을 말하는 것이다.

내가 처음에 듣고 탄식하였다.

"큰 도야 흩어져 버린 지 오래다. 나는 미인을 좋아하듯이 어진 이를 좋아하는 사람은 보지 못하였다. 그런데 저 사람들은 기예를 위해서 생명도 바쳐야 할 것으로 알고 있다. 아하, 아침나절에 도를 들으면 저녁때 죽어도 좋다는 셈이다."

도은이 이덕무의 《형암총언》의 말 열세 항목을 글씨로 써서 한 권 책으로 만든 다음 나더러 서문을 쓰라고 한다. 도은과 형암(이덕무) 두 사람은 안으로 마음을 쓰는 사람인가, 육예*에서 노니는 사람인가? 두 사람이 삶과 죽음, 영예롭고 욕됨을 다 잊어버리고 이렇게까지 정교한 데 이르는 것이 어찌 과한 일이 아니겠는가. 만약에 두 사람이 모든 것을 잊어버릴 수 있다면 도와 덕에서 잊어버리기 바란다.

— '형언도필첩에 부쳐', 《연암집》

---

* 육예(六藝)는 예법, 음악, 활쏘기, 말 타기, 서예, 수학을 이른다. 육예에서 노닌다는 것은 외적인 활동을 통해 수양하는 것을 말한다.

옛것을 충분히 살펴보지 못했습니다

—박지원

옛글을 모방해서 글을 지을 때 거울이 물건을 비추듯이 하면 비슷하다고 할 수 있을까? 본 물건과 좌우가 서로 거꾸로인데 어떻게 비슷하다고 하랴. 물건이 수면에 비치듯이 하면 비슷하다고 할 만한가? 위아래가 뒤집혀 보이는 것은 어떻게 비슷하다고 하랴. 그러면 그림자가 물건을 따라다니듯 하면 비슷하다고 할 만한가? 한낮에는 난쟁이 땅딸보로 되고 해가 진 뒤에는 키다리 꺽청이로 되는데 이를 어떻게 비슷하다고 하랴. 그러면 그림이 물건을 그리듯 하면 비슷하다고 할 만한가? 걸어가는 사람은 움직이지 않고 말하는 사람은 소리가 없으니 어떻게 비슷하다고 말할 수 있겠는가.

그러니까 결국 비슷하기 어렵다는 말인가. 대체 왜 하필 비슷한 것만 찾으랴. 비슷한 것을 찾았더라도 바로 그것은 아니다. 천하에 서로 같은 것을 반드시 꼭 닮았다고 이르고, 서로 분간하기 어려운 것을 가리킬 때도 참에 매우 가깝다고 한다. 참이라거나 닮았다거나 하는 말은 그 안에 벌써 가짜나 다른 것이란 뜻이 들어 있는 것이다. 따라서 천하에는 이해하기 어려워도 배울 수 있는 것도 있고, 전혀 달라 보이나 서로 같은 것도 있다. 통역과 번역을 거치면 외국 말을 알아듣게 되고 전서, 예서, 해서*는 글자체가 달라도 어느 것으로 써도 모두 문장을 이룰 수 있다. 왜 그런가? 외형은 달라도 속살은 같기 때문이다. 이렇게 보면 속살이 같다는 것은 작가의 뜻과 의견이요, 외형이 같다는 것은 겉모습이다.

이서구는 올해 나이 열여섯으로 나한테 다니며 공부한 지 일 년이 조금 넘는다. 타고난 비상한 능력이 일찍부터 드러나고 슬기로운 생각이 구슬 같았다. 어느 날 자기가 쓴 《녹천관집》을 가지고 와서 내게 물었다.

"제가 글을 짓기 시작한 지 겨우 두어 해밖에 안 되건만 남의 노여움을 산 것이 많습니다. 한 마디만 조금 새롭고 한 글자만 다소 신기해 보이는 것이 있으면 옛날에도 이렇게 쓴 예가 있느냐고 반드시 따지고, 없다고 하면 곧 풀풀하니 성을 내면서 어째 감히 그렇게 쓰느냐고 합니다. 옛날에 이미 그렇게 쓴 것이 있다면 제가 또 그렇게 되풀이할 맛이 어디 있겠습니까. 이것을 어떻게 하면 되는지 선생님이 정해 주십시오."

내가 손을 모아 이마에 얹고 세 번 절을 한 다음 다시 무릎을 꿇어앉아서 이렇게 답하였다.

"그 말이 참 옳은 말일세. 내려오다가 끊어진 학문이 자네에 의해서 다시 이어질 것이네. 창힐(중국 고대 왕)이 처음 글자를 만들 때 그 어떤 옛날 것도 본뜨지 않았고, 안연(공자의 제자 가운데 공부를 잘했으나

---

* 전서, 예서, 해서는 한자 서체.

일찍 죽었다)은 공부하기만 좋아했고 책을 쓴 것은 없네.

옛것을 좋아하는 사람이라면 창힐이 글자 만들던 때를 생각해 가면서 안연이 드러내지 못한 사연을 적는다면 비로소 문장이 바르게 될 것이네. 자네가 지금 나이 적다고 남들로부터 노여움을 사게 되거든 '제가 아직 널리 배우지 못하여 옛것을 충분히 살펴보지 못했습니다.'라고 대답하게. 그래도 자꾸 묻고 덤비면서 골을 내거든 조심해서 대답하기를, 《시경》에 나오는 글은 하, 은, 주 삼대 때의 시속 문장이고, 이사와 왕희지의 글씨는 진(秦)나라와 진(晉)나라의 속된 글씨체였습니다!' 하게나."

— '녹천관집에 부처', 《연암집》

비속한 일상이 다 현실이라

—박지원

소천암이 나라 안의 가요, 민속, 방언, 기예 들을 모두 기록하였다. 심지어 연을 날리는 것도 적고, 아이들 수수께끼도 풀이하고, 고샅과 골목 안에서 주고받는 수작, 문에 기대어 아들을 기다리는 부모, 칼을 두드리는 백정, 어깻짓으로 아양을 부리는 계집, 손바닥을 치며 맹세 짓거리를 하는 장사치에 이르기까지 적을 거리로 삼지 않은 것이 없다. 또 그런 사실들을 아주 조리 있게 엮어 놓았다. 입이나 혀로는 구별하기 어려운 것도 붓으로 표현하였으며 마음속에 미처 생각지 못했던 것도 책을 펼치기만 하면 나온다. 대체 닭이 울고 개가 짖고 벌레가 썰썰거리고 좀이 우물거리는 따위의 형상이나 소리를 그대로 떠다 놓고 있다.

맨 나중에는 천간*의 열 자로 나누어 배열하고 '순패'라고 이름을 지은 다음, 하루는 내게 보이면서 말하였다.

"이것이 내가 아이 적에 장난삼아 쓴 것일세. 자네는 강정이라는 과자 만드는 것을 보았는가? 쌀가루를 빻아서 술에 재었다가 누에만큼

* 천간은 갑(甲), 을(乙), 병(丙), 정(丁), 무(戊), 기(己), 경(庚), 신(辛), 임(壬), 계(癸)를 말한다.

씩 잘라서 뜨거운 구들에 말리고 끓는 기름에 튀기네. 일정하게 부풀어 올라서 고치와 같은 모양이 되면 보기에는 깨끗하고 아름다우나 속은 텅 비었네. 아무리 먹어도 배는 부른 줄 모르지. 부서져서는 눈가루처럼 되어 버리네. 그렇기 때문에 무슨 물건이나 겉만 치레하고 빈 것을 속 빈 강정이라고 한단 말일세. 그런데 개암, 밤, 벼와 같은 것은 사람들이 귀히 여기지 않을망정 실상 속이 차고 배가 부른 것일세. 그것으로 하늘에 제사도 지낼 수 있고 큰 손님도 모실 수 있네.

문장의 묘리도 역시 이런 것인데 사람들이 개암, 밤, 벼와 같은 것으로 쳐서 대단찮게 여기기 쉽다네. 자네가 나를 위해서 좀 밝혀 주지 않으려는가?”

내가 다 읽고 나서 그에게 다시 말하였다.

“장자가 나비로 되었다는 것은 믿지 않을 수 없지만 이광의 화살이 돌을 뚫고 들어갔다는 것*은 아무래도 의심스러워. 왜 그런가 하면 꿈속의 일은 보기가 어려운 반면에 현실의 사실은 따지기가 쉽단 말일세. 이제 자네는 비속한 말을 주워 모으고 곤궁한 사람들 일을 거두어들였네그려. 그런데 무지렁이 사내와 아낙네들의 천박한 웃음과 일상생활이란 어느 하나 현실이 아닌 게 없으니 눈이 시게 보고 귀가 아프게 들어서 신기할 것이 없는 것은 당연한 일일세. 그러나 먹다 둔 장도 그릇을 바꾸어 담으면 새로운 맛이 나고 같은 사람의 마음

---

*이광은 중국 전한 때 무장인데. 밤에 바윗돌을 호랑이로 잘못 보고 활을 쏘아서 화살이 바위를 뚫고 들어갔다는 이야기가 전한다.

상태도 환경이 바뀌면 보거나 생각하는 것이 달라지네.

　이 책을 보는 사람들은 소천암이 누구인지 굳이 물을 것 없고 이 민요가 어느 지방 노래인지를 굳이 물어보지 않는 것이 좋겠네. 거기다가 운율을 붙여 읽으면 시와 같아서 성정을 이야기할 수도 있고, 서술한 것을 차례차례 그려 내면 그로써 수염과 눈썹까지도 분간할 수 있네. 재래도인(이덕무)이 '일찍이 배가 저녁볕을 받으면서 갈대에 가릴락 말락 할 때 뱃사공이나 어부가 나룻가를 따라 걷는 것을 바라보게 된다면 아무리 텁석부리에 봉두난발이라도 저 건너 물가에서 바라보면 높은 선비인 육구몽* 선생으로 지레짐작하게 된다.'고 했지. 아! 재래도인이 나보다 먼저 그 생각을 해 버렸네. 자네는 재래도인을 스승으로 섬겨야 할 테니 그를 찾아가 물어보게나."

— '순패에 부쳐', 《연암집》

---

*육구몽은 중국 당나라 사람. 그는 벼슬을 주어도 마다하고 방랑하면서 일생을 보냈다.

몇백 번 싸워 승리한 글

—박지원

글을 잘 짓는 사람은 전법을 잘 알고 있는 것이다.

글자는 말하자면 군사이고 뜻은 장군이다. 제목은 적국이고 옛일이나 옛이야기는 전장의 보루다. 글자를 묶어서 구로 만들고 구를 합해서 장을 이루는 것은 대열을 지어 행군하는 것과 같다. 운(韻)으로 소리를 내고 멋진 표현으로 빛을 내는 것은 징과 북을 울리고 깃발을 휘날리는 것과 같다. 앞과 뒤를 어울리게 하는 것은 봉화를 올리는 것이고, 비유는 기병이 기습 공격을 하는 것이다. 억양반복(억제하거나 칭찬하기를 여러 번 뒤집는 것)은 백병전과 육박전처럼 서로 맞붙어 싸워 죽이는 것이다. 또한 제목을 끌어내리고 다시 짓는다는 것은 적진에 먼저 뛰어들어 적을 생포하는 것이고, 함축을 귀중히 여긴다는 것은 적의 늙고 쇠한 병사를 사로잡지 않고, 여운을 남기는 것은 기세를 떨쳐 개선하는 것이다.

무릇 장평 땅의 군사가 날래고 비겁한 것이 지난번과 달라진 것이 아니고 활이나 창도 날카롭고 무딘 것이 전날보다 변한 것이 아니건만, 염파가 거느리고 나서서는 승전하다가 조괄로 바뀌고서는 몰살당하는 것을 면치 못했다[*]. 그렇기 때문에 전투를 잘 하는 사람에게는 떼내 버릴 군사가 없고 글을 잘 짓는 사람에게는 쓰지 못할 글자가 없다.

만일 능력 있는 장군만 얻는다면 호미, 곰방메 따위 농기구 빈 자루만 가지고도 무서운 무기로 쓸 수 있고, 옷자락을 찢어서 작대기 끝에 달아도 훌륭한 깃발이 된다. 또 만약에 일정한 이치에만 들어맞는다면 식구끼리 나누는 이야기도 학관(學官)의 한 과정으로 넣을 수 있고, 아이들 노래와 말도 고전 문헌과 대등하게 칠 수 있다. 그렇기 때문에 글이 정교하지 못한 것이 글자 탓은 아니다.

저 자구가 우아하다 비속하다 평하고 문장이 높다거니 낮다거니 의논하는 무리는, 구체적인 상황에 따라 싸우는 방법이 바뀌어야 하고 상황에 맞게 적절하게 대응하는 것에 따라서 승리를 얻을 수 있다는 사실을 모르는 사람들이다. 비유해 말하자면 용감하지 못한 장군이 속으로 아무런 요량도 없이 갑자기 적의 군은 성벽에 부닥친 것이나 마찬가지로 글 지을 줄 모르는 사람이 속으로 아무런 요량도 없이 갑자기 글 제목을 만난 것이다. 그러니 산 위의 풀과 나무까지 적병으로 보이는 바람에 붓과 먹이 다 결딴난다고, 머릿속에 기억하고 있던 것조차 이렇게 상하고 저렇게 패해서 남는 것이 없으리라.

그렇기 때문에 글 짓는 사람의 걱정은 언제나 자기 스스로 길을 잃어

---

[*] 장평은 중국 전국시대 조나라의 땅. 염파와 조괄은 조나라 장수. 염파가 장평에서 진나라의 공격에 맞서 승리를 눈앞에 두고 있었다. 진나라가 퍼뜨린 유언비어를 들은 조나라 왕은 염파를 파면하고 조괄을 장수로 내보냈는데, 조나라의 40만 군사가 진나라 장수 백기에게 져 몰살당했다.

버리고 요령을 잡지 못하는 데 있다. 길을 잃어버리고 나면 글자 한 자도 어떻게 쓸 줄을 몰라서 붓방아만 찧게 되며 요령을 잡지 못하면 겹겹으로 두르고 싸고 해 놓고서도 오히려 허술치 않은가 겁을 내게 마련이다. 비유하자면 군대가 한번 제 길을 잃어버리는 때에는 최후의 운명을 면치 못하며[*], 아무리 물샐틈없이 포위한 때라도 적이 도망칠 틈은 없지 않은 것과 같다. 한마디 말을 가지고도 요점만 꽉 잡으면 마치 적의 아성으로 질풍같이 쳐들어가는 것과 같다.[*] 반쪽의 말을 가지고도 핵심 내용을 잘 표현하면 그것은 마치 적의 힘이 다할 때를 기다렸다가 드디어 그 진지를 함락시키는 것[*]이 된다. 글 짓는 도리는 바로 이것이 최상이다.

벗 이재성이 고대와 현대를 통하여 과거문체로 지은 우리나라 사람의 글을 모아서 열 권의 책을 만든 다음 그 이름을 《소단적치》라고 하였다.

아하, 여기 수록된 글들은 모두 몇백 번 싸운 끝에 승리한 사람들이구나. 비록 체와 격이 같지 않고 정밀하고 거친 것이 한데 뒤섞여 있기는 하지만 제대로 다 각각 승산을 가지고 있어서 함락시키지 못할 적진은

---

[*] 중국 초나라 항우가 유방의 부하들에게 추격을 당하여 도망가다가 음릉에서 길을 잃고 자살해 죽으면서 "시세가 불리하니 말도 가지 않는다." 고 한 것을 이른다.

[*] 9세기 초 중국의 이소가 채주의 군대와 여러 해 대치하다가 눈이 내리고 바람이 부는 하룻밤에 질풍같이 쳐들어가서 함락시킨 것을 말한다.

[*] 중국 춘추시대 노나라 장수 조계는 제나라의 군대와 싸울 때 제나라의 군대가 북을 세 번 친 다음 비로소 북을 치며 응전해서 승리를 거두었다. 이것은 조계가 적군의 힘이 다할 때를 기다려 쳤기 때문에 승리한 것이라 한다.

없는 것이리라. 그 날카로운 창끝과 예리한 칼날은 무기 창고와 같이 삼엄하고 시기를 좇아 적을 제압하는 것은 번번이 군대를 지휘하는 도리에 들어맞는다. 이들을 계승해서 글을 짓는 사람에게도 대체로 이런 길이 있을 뿐이다. 반초가 서역 여러 나라를 진압한 것이나 두헌이 연연산에다가 전공을 새긴 것* 또한 이런 길을 좇아 나간 것이 아닌가?

그런데 방관의 수레 싸움*은 옛사람을 모방하였음에도 패하였건만 우후가 밥해 먹은 자리를 늘린 것은 옛 법과 정반대인데도 승리하였다. 그러니 경우와 상황에 따라 변하는 전법은 그 중요성이 때에 있는 것이요, 법에 있는 것은 아니다.

— '소단적치인', 《연암집》

---

* 연연산은 흉노가 사는 지역의 산 이름. 두헌이 연연산에 올라가서 자기 전공을 새겼다고 한다.
* 방관은 중국 당나라 사람인데, 춘추시대의 전법을 본떠서 수레로 군영을 만들다가 적의 화공을 당하여 크게 패전하였다.

이름을 숨기지 말아야 하고

—박지원

　보내 주신 글은 양치질하고 손 씻고 무릎을 꿇고 앉아서 정중하게 읽었습니다. 이제 제 의견을 말씀드립니다. 문장이 모두 기이합니다만 사물의 명칭을 많이 빌려 쓴 가운데서 인용한 근거가 꼭 들어맞지 않은 데가 있으니, 그것이 '옥의 티'로 보입니다.

　청컨대 형(창애 유한준)을 위해서 말하겠습니다. 문장에는 묘한 이치가 있으니 그것은 마치 소송하는 사람이 증거물을 제시하듯 해야 하고 거리를 돌아다니는 장사치들이 물건 이름을 외치듯 해야 합니다. 아무리 그의 진술이 명쾌하고 정직한들 증거물이 없어서야 어떻게 승소할 수 있겠습니까? 그렇기 때문에 여기저기 고전 문헌을 인용해서 내 의견을 밝히는 것이지요.

　《대학》은 성인이 시작했고 어진 이가 계승했으니 그보다 더 미더운 일이 없지요. 그래도 《서경》을 인용해서 "〈강고〉에 이르기를 밝은 덕을 밝힌다고 하였다." 하고 또 "〈요전〉에 이르기를 능히 큰 덕을 밝힌다고 하였다."고 했습니다.

　벼슬 이름, 땅 이름은 서로 빌려 쓸 것이 못 됩니다. 나무를 지고 다니면서 소금을 사라고 외친다면 종일 가도 나무 한 짐 팔지 못할 것입니다. 만약에 임금이 사는 곳을 모조리 장안(중국 한나라의 수도)이라 하고 역대 가장 높은 직위를 깡그리 승상이라고 부른다면 이름과 실제가 혼란스러워 도리어 속되고 비루하게 됩니다. 이것은 곧 이름만 놀라운 진공이요, 남의 찡그린 얼굴을 흉내 내는 동시입니다.[*]

글을 짓는 사람은 아무리 비루해도 이름을 숨기지 말아야 하고 아무리 속되더라도 실제 사실을 파묻어 버려서는 안 됩니다. 맹자가, "성은 다 같으나 이름은 저마다 다 다르다."고 했지요. 글자는 다 같으나 글은 저마다 다 다르다는 뜻입니다.

— '창애에게 보낸 답장', 《연암집》

---

[*] 진 공은 중국 한나라 진준. 진준이란 사람이 명망이 높아서 많은 사람들에게 존경을 받았는데, 그 당시 그와 같은 이름을 가진 사람이 있어서 가는 곳마다 진준으로 오해를 받았다. 동시는 《장자》에 나오는 인물. 어느 마을에 서시와 동시가 살고 있었는데, 미인인 서시가 가슴이 아파 찡그리자 동시가 따라했다고 한다.

도로 네 눈을 감아라

—박지원

자기 본바탕으로 돌아가라는 것이 어찌 문장뿐일까요? 세상 온갖 일이 다 그렇습니다.

서경덕* 선생이 길에 나갔다가 길을 잃고 우는 젊은이를 만나서 물었습니다.

"너는 왜 우느냐?"

그 사람이 대답했지요.

"제가 다섯 살 적부터 앞을 보지 못한 것이 지금 이십 년째입니다. 아침나절에 집을 나왔다가 갑자기 눈이 떠져서 천지만물을 환하게 볼 수 있게 되었습니다. 기뻐하며 집으로 돌아가려 하니 골목은 여러 갈래요, 대문도 비슷비슷해서 우리 집이 어딘지 알 수 없습니다. 그래서 웁니다."

그랬더니 선생이 말하였습니다.

"그대가 집을 잘 찾아가도록 일러 주겠소. 도로 눈을 감으면 집으로

---

* 서경덕(1489~1546)은 조선 중기 유학자. 호는 화담.

곧 돌아갈 수 있을 것이다."

그래서 그는 눈을 감고 지팡이를 뚜닥거려서 걸음 걷는 대로 곧 자기 집을 찾아갔답니다.

이것은 다름이 아니라 빛과 형체가 거꾸로 되고 슬픔과 기쁨이 엇갈리는 까닭입니다. 이것을 망상이라고 합니다. 지팡이를 뚜닥거리며 걸음 걷는 대로 가는 것은 우리들이 분수를 지키는 방법이고 집을 찾아가는 비결입니다.

— '창애에게 보낸 답장',《연암집》

그림을 모르는 자는 시를 모른다

―박지원

변관해 군이 한잔하자고 하여 저마끔 한 잔씩 마시고 몇 리를 못 가서 멀리 바라다보니 희멀쑥한 탑들이 띄엄띄엄 나타나면서 눈에 쑥 들어온다. 틀림없이 심양(중국 선양)이 가까워진 모양이다.[*]

강성이 보인다고

사공이 손짓하자

뱃머리에 솟은 탑은

보는 동안 더 커지네.

이런 옛 시가 생각난다.

그림을 모르는 자는 시를 모른다. 그림을 그리는 화가는 반드시 색의 짙음과 옅음, 원근법을 알고 있다. 오늘 여기서 탑 그림자를 보니 옛사람이 지은 시가 반드시 그림의 뜻을 잊지 않고 있음을 절실하게 깨닫겠

---

[*] 박지원은 1780년 사신 일행을 따라 청나라에 다녀왔다. 선양에는 후금의 궁궐인 선양 고궁이 있는데, 당시에는 청이 베이징으로 수도를 옮겨 행궁으로 관리했다.

다. 성이 멀고 가까운 것은 다만 탑의 높낮이로 보아 짐작할 수 있을 것
이 아닌가.

— '성경의 이모저모'에서, 《열하일기》

송강 정철의 무덤에서

—이덕무[*]

동악 이안눌[*]은 어떤 사람이 정철의 '사미인곡'을 부르는 것을 듣고 이렇게 썼다.

강변에서 누가 미인곡을 부르는가

외로이 뱃머리에 달조차 지는데.

애타게 그리는 끝없는 정은

오직 아낙네들만이 아는가 보다.

정철은 불행한 처지에서 나라의 운명을 걱정하는 정성을 우리말 시가로 노래하였는데 거기에는 충성과 의분이 표현되었다. 그러므로 정철의 가사와 시조 중에는 지금도 많은 사람이 즐겨 부르는 작품이 적지 않다.

— '송강 무덤'에서, 《청비록》

* 이덕무(1741~1793)는 북학파의 한 사람으로 시문학에 이름이 높았다. 자는 무관, 호는 청장관, 형암, 영처 들을 썼다. 박지원에게 배웠으며, 이서구, 유득공, 박제가와 함께 4가로 불린다. 정조 때 규장각 검서관이 되어 서적을 정리하고 편찬하는 일을 맡아 보았다. 《청장관전서》가 전한다.
* 이안눌(1571~1637)은 조선 후기 문신. 호는 동악.

이제현의 시

―이덕무

문학 대가들이 번번이 박은을 우리나라 시문학의 대표자로 가리키고 있으며 더 거슬러 올라가서는 김종직을 첫째로 꼽는다.

그러나 나는 일찍이 익재 이제현의 문집을 읽고 이제현의 시가 이천 년 이래 우리나라에서 단연 으뜸이라고 여기게 되었다.

이제현의 시는 생동하고 선명하며 참신하고 우아해서 그때까지 우리나라의 고루하고 제자리를 벗어나지 못한 나쁜 버릇을 통쾌하게 없앴으며 중국의 저명한 시인들과 견주더라도 손색이 없다. 성현이 "이제현의 시는 비록 노련하고 건실하기는 하나 아름답지는 않다." 한 것은 정확한 평론이 아니다. 이제현의 시가 아름답지 않다고 하면 과연 누구의 시가 아름답다고 하겠는가?

― '이제현에 대하여'에서, 《청비록》

지기와 지음

—이덕무

대체로 '지음*'이란 말과 '지기(知己)'라는 말은 같지 않다. '지기'는 자기 심정을 알아준다는 말과 같으나, '지음'이란 것은 문학이나 예술 능력을 서로 이해해 주는 것을 말한다. 그러나 이전 사람들은 지음과 지기를 거의 구분하지 않고 사용하였다.

일찍이 내가 이런 시를 지었다.

진실로 천년 역사를 꿰뚫어 볼

총명이 있다 해도

다만 두어 사람의 지음을

나는 귀중히 여기노라.

용촌 임 처사가 이 시를 보고 웃으면서 말하였다.

* 지음(知音)은 친한 벗을 이르는 말. 거문고 명인 백아의 연주를 그의 벗 종자기가 잘 이해한 데서 유래했다. 백아는 종자기가 죽자 자기 음악을 알아주는 이가 없다고 한탄하며 거문고 줄을 끊었다고 한다.

"당신은 지음이 두어 사람이나 된다고 하니 아주 행복한 사람이외다."

그리하여 내가 지음과 지기를 구별하여 설명하였더니 용촌도 고개를 끄덕이며 그렇다고 하였다.

— '지기와 지음'에서, 《청비록》

이언진*의 시

―이덕무

이용휴가 일찍이 이언진의 시문집인 《송목관집》에 다음과 같이 머리말을 썼다.

"시문에 종사하는 사람 중에는 남의 힘을 빌려 이름을 드러낸 사람도 있고 자기 실력으로 드러낸 사람도 있다.

남의 힘을 빌려 이름을 드러낸 사람은 부끄럽기 이를 데 없는 일이다. 자기 실력으로 이름을 드러낸 사람은 본디 고집스러움이나 치우침이 없는 것으로, 이것이야말로 진정한 드러냄이라고 할 만하다. 또한 자기 실력으로 이름을 드러내려면 반드시 재능이 있어야 하고 또 일정한 노력을 한 뒤에야 성공할 수 있다.

나는 여러 해 동안 그러한 사람을 찾다가 마침내 송목관 주인 이언진을 만났다. 그는 뛰어난 학식과 깊은 생각을 가지고 먹을 금같이 아끼며 시어 다듬기를 역사책 쓰듯 하였다. 그가 한번 종이에 쓰기만

---

* 이언진(1740~1766)은 조선 후기의 역관이자 시인. 1763년 통신사 조엄을 수행하여 일본에 다녀왔다. 시문과 서예에 뛰어났는데 일찍 죽었다. 자는 우상, 호는 송목관. 이용휴는 이언진의 스승이다.

하면 바로 후세에 전할 만하였다.

　그러나 그는 구태여 세상이 알아주기를 원하지 않으면서 세상에는 자기를 알 사람이 없으리라고 하였다. 또한 구태여 남을 이기겠다고 애쓰지 않으면서 세상에는 자기를 이길 사람이 없으리라고 여겼다. 그래서 이따금 나에게 지은 작품을 보여 주고는 상자에 간직해 둘 뿐이었다."

— '이우상'에서, 《청비록》

기준조의 시

―이덕무

　관재 기준조가 일찍이 시 짓는 벗 몇을 불러 단오를 즐겼다. 향을 피우고 경건한 분위기 속에서 그림을 보기도 하고 여러 음악을 듣기도 하였다. 사람들은 저마다 시를 지었는데 기준조의 작품이 가장 뛰어났다. 그는 음악적 운율도 잘 알기 때문에 시에서 시어를 넘는 운치를 잘 나타내었다.

아침볕은 쨍쨍히 발 사이로 비치고
향 연기는 모락모락 피어오른다.
노랫소리 그윽하고 아름다운데
여운은 석류꽃을 도는 듯하네.

　박제가도 이 시를 뛰어나다고 하면서 후세에 전할 만하다 하였다.

― ‘단옷날’, 《청비록》

뛰어난 묘사

―이덕무

중국 당나라 진영은 자기 시의 한 구절에 이렇게 썼다.

물소는 코를 쳐들고 첨벙이며 건너가고
물새는 시냇가로 고개를 주억거리며 간다.

또 유우석은 시에 이렇게 썼다.

섬돌 개미는 서로 만나 이야기를 나누고
동산 벌떼는 기약을 어길까 봐 재빨리 난다.

모두 현상을 그리는 데 뛰어난 솜씨를 보였다.

― '묘사에 대하여', 《청비록》

박제가*가 준 시

―이덕무

초정 박제가의 시는 재기 있고 기백이 강하며 논리가 분명하다. 또한
사실을 기록하는 데 능란하다. 일찍이 내게 준 시에 이렇게 썼다.

출입을 끊은 지도 삼십 년이라

옷에는 어느덧 먼지가 쌓였구나.

오직 서책을 세계로 삼아

혼자 웃고 문득 기운을 펴거니.

영화는 고상한 성품에 걸맞고

글재주는 바른 자태에 맞느니.

여태껏 그는 오직 절의를 지켜

한평생 굶주림을 참아 온다네.

* 박제가는 216쪽 참고.

나도 또한 그가 내 처지를 깊이 알아주는 데 감격하였다. 전에 내가 박제가의 시가 논리가 분명하다고 한 것은 결코 빈말이 아니다.

— '초정에 대하여'에서, 《청비록》

연암 박지원

―이덕무

연암 박지원은 문장과 시문의 재능이 넘치고 뛰어나다. 또한 고금에도 통달하였다. 때로는 멀리 바라보이는 산수를 아득하고 그윽하게 그려 뛰어난 화가와 같은 필치를 보이기도 하였다. 행서와 해서에도 능란하여 글씨가 매우 뛰어났는데 그 기묘한 모양을 이루 말로 표현할 수 없다.

연암은 일찍이 이런 시를 썼다.

물이 파랗고 모래는 맑아

섬 안은 고요한데

오가는 왜가리의 신세는

티끌 한 점 없이 깨끗하다

시의 품격이 신통하고 묘한 경지에 이른 것을 알 수 있다. 연암은 함부로 시를 써 내놓지 않으므로, 연암이 글을 지어 한번 흐린 세상을 맑게 하기를 바라던 사람들은 자못 안타까워하였다.

일찍이 연암이 나에게 문장을 논한 오언시 한 편을 써 주었는데 씩씩하고 장엄하여 아주 볼만하다.

— '연암에 대하여', 《청비록》

참다운 시는 모두 자기 목소리를 낸다

―박제가*

참다운 시는 모두 자기 목소리를 낸다.

― '밤에 벗이 찾아오다'에서, 《명농초고》

＊

민요는 사람의 심금을 잘 울린다.

― '생각을 적는다'에서, 《명농초고》

＊

소슬한 가을이 되면

승냥이는 짐승 잡을 계획을 꾸미건만

벗들은 풍채가 좋고 의기 당당한데

서로 믿고 힘을 내어 떠드는구나.

* 박제가(1750~1805)는 조선 후기 북학파의 한 사람. 서자로 태어났는데, 어려서부터 시와 글씨와 그림에 뛰어났다. 박지원에게 영향을 받았으며 이덕무, 유득공, 이서구와 함께 4가로 불린다. 정조에게 등용되어 규장각 검서관 일을 맡아보았다. 청나라에 다녀와서 쓴 《북학의》는 경세가로서 조선의 부국강병을 주장하고 개혁 방안을 다룬 중요한 책이다.

붓끝을 도끼 삼아

거짓된 책들을 찍어 버리리라.

……

옛날 것만 좋다 하고

지금 것 헐지 말라.

당당한 이 현실을

어찌 당해 내겠느냐.

— ‘가을 들어 병이 조금 나았다’에서, 《명농초고》

5부

시대를 노래하라

모방한 것은 문장이 아니다

—남공철[*]

옛날 문장에는 모방한 것이 없다. 모방한 것은 곧 문장이 아니다. 문장의 묘미는 바로 진실한 마음을 표현하며 진실한 말로 이야기하는 것에 있다.

사람들은 진, 한 시대의 시를 좋아하는데 나 또한 그렇다. 사람들은 당나라 시를 좋아하는데 나 또한 그렇다. 사람들은 송, 명 시대의 시를 좋아하는데 나 또한 그렇다.

어찌하여 이렇게 널리 취하는가? 그것은 고금에 걸쳐 여러 작가에게 배워 좋은 작품을 쓰고자 하기 때문이다.

— '박남수에게 답하는 글'에서, 《귀은당집》

---

[*] 남공철(1760~1840)은 순조 때 영의정을 지냈다. 시를 잘 썼고, 학문 연구에 열중했을 뿐만 아니라 역사학, 금석학에도 조예가 깊었다. 고문의 법도를 지켜야 한다고 주장했다. 《금릉집》, 《귀은당집》이 전한다.

문장에서 기와 수법

―남공철

문장은 기(氣)를 주로 하고 수법은 다음으로 친다. 무엇을 기라 하는가? 답은 고전에 있다. 그러므로 우선 고전을 읽고 거기서 참된 이치를 찾아야 한다. 이렇게 진리의 세계에서 항상 사색하고 광채를 빛내서 자기의 기운을 기르며 기운을 충실히 한 뒤에 문장을 써야 한다. 그 문장은 저절로 기운이 넘치게 될 것이다.

사람으로 치면 얼굴에 표정이 있고 말에는 맛이 있고 웃음에는 태가 있고 소리에는 운이 있고 걸음걸이에도 제 버릇이 있다. 그런데 어찌 이런 동작을 모두 꾸며서 하겠는가? 바로 몸 안에 있는 기운으로 말미암아 그렇게 될 뿐이다. 만일 얼굴에 표정이 없고 말에 맛이 없고 웃음에 태가 없고 소리에 운이 없고 걸음에 버릇이 없으면 이는 한갓 거죽만 있는 허수아비에 불과하다.

문장도 이와 같은 것이다. 기는 크든 작든 각각 자기 형태를 갖추고 있는데 작가는 오직 그중에서 바른 것과 바르지 못한 것을 골라내야 한다. 그러므로 자기 기운을 기르며 자기 기운을 충실히 해야 한다고 말하는 것이다.

지금 사람들 문장의 병통은 수법을 알지 못하는 것이다. 사마천, 한
유와 같은 필력으로 편지나 서문 따위를 쓰다가 실패하며 명, 청의 소품
을 쓰던 수법으로 왕공 귀족의 비문을 쓰다가 실패한다. 한유, 유종원
의 서문과 기문, 구양수, 왕안석의 비문, 삼소*의 상소문과 책론 들은 저
마다 자기 장점과 문체를 가지고 있다.

나는 다행하게도 여러 고전 작가들보다 뒤에 태어나서 널리 고금의
문집을 모아 서로 다른 점과 좋고 나쁘게 된 까닭을 자세히 살펴 연구하
였다. 그런 뒤에, 여러 문집에 실린 마디, 구절, 작품을 저마다 내가 세운
표준과 척도로 무겁고 가벼운 바를 판단한다. 그들의 재능에 자연 장점
과 단점이 있고, 그들의 문체에 우열이 있음을 알기 때문이다. 그리하여
도리를 말한 것은 경(經)이 되고 정치를 논한 것은 사(史)가 되고 문장 시
가를 운운한 것은 자(子)가 되고 집(集)이 될 것은 더 말할 나위도 없다.

문장은 기 없이 이루어질 수 없으며 또 기운은 있어도 수법이 부족하
면 비속해진다. 수법이란 서로 모범을 삼되 모방하지 않는 것을 말한다.

— '김재련에게 주는 글'에서, 《귀은당집》

---

*삼소는 송나라의 시인 소식, 그의 아버지 소순, 형 소철을 이른다.

고문은 모두 거짓이다

—남공철

세상에서 이른바 고문이라고 하는 것은 모두 거짓이다. 차라리 거짓 고문을 만들기보다는 지금 글로 사실에 바탕을 두고 이치를 반영한 것이 낫지 않겠는가. 다만 지금 글에서 그런 문장을 얻지 못하는 것을 한탄할 뿐이다.

과연 사실에 바탕을 두고 진리를 반영한 글이 있기만 하다면 하필 옛 어구, 옛 문장을 써서 사람을 현혹할 필요가 무엇인가? 한나라를 모방한 것은 문장이라 해도 문장이 아니며, 당나라를 모방한 것은 시라고 해도 시가 아니다. 송, 원 시대 작가들의 영향을 받아 이를 윤이 나도록 다듬어서 가요의 명수라고 말해도 이는 가요의 명수가 아니다.

옛것을 따르고자 하면 현실에 어두워지고 참을 흉내 내려 하면 거짓에 빠진다.

— '다시 김재련에게'에서, 《귀은당집》

거문고는 시와 가장 가깝다

—남공철

시를 배우는 자는 마땅히 거문고를 배워야 한다. 《설문해자》[*]에 거문고는 악기라고 하였다. 시는 사상과 감정을 표현하는데, 거문고는 사람의 마음을 바르게 하는 것이므로 음악에서 거문고는 시와 가장 가깝다.

— '민생 시집에 부쳐'에서, 《귀은당집》

---

[*] 《설문해자》는 중국 후한 때 허신이 편찬한 자전. 문자학의 고전으로 한자 9,353자를 수집하여 540부로 분류하고 글자 모양을 분석, 해설하였다.

표현이 아름답고 이치가 명확한 글

-남공철

문장은 도를 반영하고 이치를 해명하는 것을 근본으로 한다. 그러므로 옛사람은 말을 글로 쓰지 않으면 후세에 널리 전할 수 없다고 했다.

유한준*은 문장이 능란하여 일가를 이루었으며 오로지 바른 도리를 전달하기 위하여 노력하였다. 그의 작품들이 다 진실하여 후세에 전할 만하다.

표현이 아름답고 이치가 명확한 글이 세상에서 가장 훌륭한 문장이다.

— '저암집에 부쳐'에서, 《귀은당집》

---

* 유한준(1732~1811)은 조선 후기 문장가이자 서화가. 호는 저암 또는 창애. 영조 때 관직에 나가서 김포 군수, 형조 참의를 지냈다. 당대에 뛰어난 문장가로 손꼽혔으며 《저암집》이 전한다.

문장을 배우는 순서

―남공철

학문은 일정한 단계를 거쳐야 하므로 밑에서 배워 위로 올라가야 한다. 문장은 기운과 힘을 중히 여기므로 뛰어난 것을 먼저 배워야 한다.

기운을 충실히 기르지 못하고 이치를 명확히 나타내지 못하며 이러니저러니 의논하기만 좋아하면서 옛사람의 수준에 오르기를 원하는 사람이 있다. 그가 아무리 문장의 묘리를 얻었다고 할지라도 자기만 만족할 뿐으로 남을 그르치고 만다. 뜻있는 사람들은 이런 태도를 취하지 않는다.

― '고문원류에 부쳐'에서, 《귀은당집》

문체도 시대에 따라 변한다

―정약용*

이 세상에서 훌륭한 문장의 밑바탕을 이루는 것은 물정과 인정이다. 그러므로 물정과 인정의 변화를 잘 살펴본다면 문체가 변천하고 발전하는 것도 넉넉히 짐작할 수 있다.

모든 물정을 관찰해 보면 단단한 것은 터지고, 잠복해 있던 것은 일어나 움직인다. 가득 쌓였던 것은 흩어지고, 답답하게 엎드려 있던 것은 솟구쳐 일어난다. 또한 각양각색 천태만상을 이루고 있으나, 변화하는 원인을 살펴보면 모두가 차거나 더운 두 가지 조건에서 벗어나지 않는다.

또 인정을 관찰해 보면 청렴한 자가 와악해지고, 얌전한 자가 욕심 사나워진다. 부드러운 자가 거칠어지고, 조촐한 자가 열렬해지기도 한다. 또한 분분하고 잡다한 것들이 천태만상을 이루고 있으나, 변화하는 원인을 살펴보면 모두가 이해관계에서 나온다.

---

* 정약용(1762~1836)은 조선 후기 학자. 자는 미용, 호는 다산. 문과에 급제한 뒤 정조의 총애를 받으며 형조참의, 곡산부사 등을 맡아서 치적을 쌓았다. 유학 경전에 밝았고 시도 잘 썼으며, 과학 기술에도 뛰어나 수원성 설계를 맡았다. 신유박해 때부터 시작해 18년이나 유배살이를 하며, 정치, 사회, 문학, 역사, 과학 따위 여러 방면에 방대한 저술을 남겼다. 《여유당전서》가 전한다.

물정을 반영하며 인정을 드러내는 것이 문장이니, 문체가 어찌 물정, 인정과 관계가 없을 수 있겠는가.

문체도 순수하던 것이 잡스러워지고, 소박하던 것이 흐트러진다. 평이하던 것이 까다로워지고, 독실하던 것이 천박해진다. 또한 고상하던 것이 비속해지고, 느리던 것이 조급해져 형형색색으로 천변만화를 이루고 있으나, 변화하는 원인을 살펴보면 모두가 시대 요구에 맞느냐 안맞느냐에 있다.

대체로 모든 물정이 찬 것을 꺼리며, 모든 인정이 해로운 것을 싫어하며 문체도 시대 요구에 맞지 않으면 변하는 수밖에 없는 것이다.

— '문체책'에서, 《여유당전서》

무엇이 진정한 문장인가

—정약용

문장학은 우리 도(道)에 크게 해롭다. 문장이 무엇인가? 문장이란 것이 공중에 매달려 있거나 땅에 깔려 있어 바라볼 수 있거나 바람결에 달려가 붙들 수 있는 것인가?

옛날 사람은 항상 평화롭고 떳떳하여 마음속으로 덕을 닦았다. 효도하고 충실하여 그 실천에 성의를 다하며 시서와 예악으로 기본을 독실하게 하고자 하였다. 《춘추》와 《주역》으로 사물이 변화하는 이치를 깨달으며, 하늘땅 사이의 진리에 통달하고 만물의 정서를 두루 알아내고자 하였다.

그 지식이 안에 쌓이고 쌓여 땅처럼 든든하고 바다처럼 포용력이 있으며 구름처럼 뭉치고 우레처럼 움직여 아무리 참을래야 참을 수 없게 되었을 때 비로소 밖으로 발표하였다.

그러므로 문장의 힘이 때로는 파고들고, 때로는 부딪치고 흔들기도 하고 격동시키기도 하였다. 내부의 필연성이 있어 외부로 드러났기 때문에 문장의 힘은 거세찬 물결처럼 술렁거리고 번개처럼 번쩍거렸다. 가깝게는 사람을 감동시키고 멀리는 하늘땅을 움직이며 귀신이 느끼게 하였던 것이다. 이것이 바로 진정한 문장이다. 문장은 외부에서 구할 수 없다.

중국 한나라의 사마천은 기이하고 협기 있는 것을 좋아하여 옛 법도에서 벗어났으며, 양웅은 도를 모르고, 유향은 예언하기를 좋아하며, 사마상여는 배우처럼 행동하고 아는 체하였다.

그 뒤의 한유, 유종원은 비록 문장을 중흥시킨 사람들이라고 하나 실상은 전연 그렇지 않다. 그들의 문장이란 내면세계가 드러난 것이 아니고 형식만 갖추어 놓고 잘난 체하는 것이니, 이것을 어떻게 진정한 문장이라 말할 수 있으랴.

한유, 유종원, 구양수, 소식의 유명하다는 서문이나 기문 따위도 모두 겉은 번드르르하지만 내용이 없고, 신기하기는 하지만 바르지 못하다. 어려서 읽을 때는 정말로 좋은 것 같았으나 몸을 닦고 어버이를 섬기는 데나 나라를 돕고 백성들을 편히 하는 데는 아무런 소용이 없다.

그러면 이러한 글들이야 한평생 읽고 외워도 슬프고 우울하기만 하지 천하와 나라를 위해서는 아무런 도움도 되지 못한다. 이러한 문장학이 우리들에게 해독을 끼치는 것이 양주, 묵적*이나 도교, 불교보다 더 심한 바가 있다. 양주, 묵적이나 도교, 불교는 그 주장이 우리와 서로 다르기는 해도 모두 다 사욕을 억제하고 선을 행하며 악을 배제하려고 한다. 그러나 한유, 유종원, 구양수, 소식 들은 주장하는 것이 문장뿐이다.

<hr>

* 양주는 중국 전국시대 학자. 묵적은 중국 노나라 학자.

내용이 없는 속 빈 문장만으로야 어떻게 자연의 이치를 따라 몸을 편안히 할 수 있겠는가.

입으로는 옛글을 말하고 손으로는 천고의 역사를 펼친다 하더라도 우리와 손잡고 요순의 문하로 들어갈 수 없는 것이 문장학을 하는 사람들이다.

— '오학론'에서, 《여유당전서》

음악의 목적

— 정약용

옛날 성인이 음악을 지은 것은 아름다운 소리로 귀를 즐겁게 하고 마음을 유쾌하게만 하려는 것이 아니다. 임금이 덕이 없어 백성들이 곤란을 겪게 되면 좋은 음악을 악기에 올려서 그것을 연주하여 임금이 잘못을 깨닫고 더욱 분발하여 자기의 악한 점을 고치도록 하는 데 목적이 있었다.

다스리는 자가 자기 허물을 듣지 않으려고 하면 농인이라 하고, 착한 사람과 덕 있는 사람을 알아볼 줄 모르면 맹인이라 하는데, 신하가 귀가 되고 눈이 되어 주어야 한다. 그래서 민간의 좋은 노래를 수집해서 정치가 어떻게 되었는가를 알게 하며 벼슬의 등급을 설정해서 어질고 어질지 못한 사람을 구별하도록 한 것이다.

음악이 당시의 정치를 직접 반영하여 음악을 듣고 곧 정치를 알아낼 수가 있다고는 말할 수 없다. 중국 춘추시대에 계찰이라는 사람이 노나라 음악을 듣고 극구 찬양하였으나 그때 노나라 정치는 그다지 잘 되어 가지 않았다. 공자가 제나라에 가서 소악이라는 옛 곡조를 듣고 너무 좋아서 밥 먹기를 잊었다고 하나 그때 제나라는 그다지 융성하지 못하였다. 음악을 듣고 정치를 안다는 것을 글자 그대로만 해석하면 이처럼 위험하다. 어떻게 정치와 음악이 서로 꼭 들어맞겠는가.

사람을 때리면 아픈 것처럼, 어리석은 자를 시와 노래로 풍자도 하고 찬양도 하여 스스로 깨닫게 하는 것이다. 노래는 옛날의 법을 밝혀서 반성하게도 하고, 또는 지난날의 경험을 이야기하여 스스로 경계하게도 하며, 당시 정치를 직접 지적하여 고치게도 해야 한다. 그리고 아첨하고 간사하여 임금의 귀를 홀리려는 자가 있으면 음악을 맡은 사람이 곧 그자를 쫓아내 버리니, 이것이 조정에서 음악을 내어 주거나 받아들이는 길이다.

— '악서고존' 중 '납언의'에서, 《여유당전서》

음악의 효과

―정약용

옛날에 순임금이 신하인 기에게 명령하기를, "너에게 전악을 맡기니 귀족 자제들에게 음악을 가르치라." 하였다.

전악이란 말은 음악을 관리한다는 뜻인데 이를 가르치라고 하였으니 무슨 까닭인가? 그렇다. 사람은 저절로 선하게 되는 것이 아니다. 가르친 뒤에야 선하게 된다. 왜 그런가? 사람 마음속에는 잡다한 감정이 있기 때문에 화평하기가 어렵다. 너무 기뻐서 음탕해질 수 있으며 또는 지나쳐 성이 나서 일을 저지를 수 있다. 근심에 사로잡히거나 두려움에 떨기도 하고 흥분하거나 침울하기도 해 마음이 평온할 때가 드물다.

사람의 마음이 평화롭지 못하면 이에 따라 동작과 일 처리가 다 절차를 잃어버리게 된다. 그러므로 성인이 거문고, 비파, 북, 경쇠, 피리 따위 악기를 마련하여 아침저녁으로 음악을 울려서 사람들 귀에 익도록 하고 마음에 젖어 들도록 한 것이다. 그리고 모든 사람의 맥박이 항상 순조롭게 뛰며 평화롭고 기쁜 마음이 언제나 깃들어 있도록 한 것이다.

순임금이 소악이라는 음악을 제정하니 온 조정이 화합하고 손님들도 서로 사양하는 풍습이 생겼다고 한다. 음악의 효과가 이러하거니 사람들에게 음악을 가르치는 것이 당연하다. 그러므로 천자와 제후는 밥 먹을 때나 걸음 걸을 때도 모두 음악을 연주하게 하였다. 대부도 자기들의 음악이 있었고 보통 사람들도 특별한 일이 없으면 늘 거문고와 비파를 연주하였다.

성인의 도가 음악이 아니면 행할 수 없으며 음악이 없으면 평화로운 정치를 할 수가 없다. 천지만물의 정서가 음악이 없으면 조화되지 않는다. 음악의 효과가 이처럼 넓고 깊지만 진정한 음악이 전하지 않으니, 참으로 슬픈 일이다.

이 세상에 선한 정치가 없고 또 착한 풍속이 없는 것은 모두 음악이 망하였기 때문이다. 세상일을 근심하는 사람은 음악에 깊은 관심을 가져야 한다.

— '음악론'에서, 《여유당전서》

예술은 갑자기 이루어지지 않는다

―정약용

《취우첩》 네 권은 돌아가신 태학생 윤용*의 화첩이다. 어떤 사람이 윤 공을 조롱하여 "윤용이 자기 그림을 아끼는 것이 마치 물총새가 자기 나래를 아끼는 것 같다." 했기 때문에 물총새의 나래라는 뜻을 따서 이 화첩을 '취우첩'이라고 이름 붙였다.

이 화첩 안에 있는 꽃, 나무, 새, 벌레, 짐승 들이 모두 실제처럼 그려졌으며 필치가 섬세하면서도 생동한다. 얼치기 화가들이 모지라진 붓을 들고 먹물을 가득 묻혀서 기괴하게만 그려 놓고는 모양을 그리지 않고 정신을 그렸다고 떠드는 것과는 뿌리부터 다르다.

윤 공은 언제나 나비, 잠자리 같은 것을 그릴 때 수염, 털, 무늬 따위를 세밀하게 관찰하여 참다운 모습이 그림에 나타나야 붓을 놓는다. 그가 그림을 완성하는 데 얼마나 깊이 고심하였는가를 알 수 있다.

윤씨 집안은 윤두서 때부터 그림으로 이름이 높았다. 윤두서의 아들이 윤덕희, 윤덕희의 아들이 윤용이다. 삼대를 두고 화필을 연마해 기

---

* 윤용(1708~1740)은 조선 후기 화가. 할아버지 윤두서와 아버지 윤덕희로부터 그림에 대한 재능을 이어받았으나 젊은 나이에 세상을 떠났다. 《취우첩》은 지금 전하지 않는다.

교가 점점 더 정밀해졌으니, 무릇 예술이란 정말로 갑자기 이루어지는 것이 아니다.

윤두서 공은 나한테 외조부뻘 되는 분이다. 그분 그림이 우리 집에 많이 남아 있는데 특히 인물화를 잘 그렸다.

— '취우첩 끝에 쓴다'에서, 《여유당전서》

훌륭한 문장, 진정한 문장

—정약용

변지의 군이 천 리 길을 걸어서 나를 찾아왔기에 그 뜻을 물어보니 문장 공부를 해 보겠다고 하였다. 마침 이날 우리 집 아이가 나무를 심기에 나는 그 나무를 가리키면서 다음과 같이 말해 주었다.

"문장이란 나무에 꽃이 피는 것과 같다. 나무를 심을 때 우선 뿌리에 북을 주고 줄기를 바로 세워 주어야 한다. 그리하여 진액이 오르고 가지와 잎이 무성해지면 거기에서 꽃이 핀다. 그러므로 나무를 잘 가꾸지도 않고 꽃만 보려고 서둘러서는 안 된다.

나무뿌리를 북돋우듯 자기 마음을 바로잡고, 줄기를 바로 세우듯 자기 몸을 수양하고, 진액이 통하듯 경전을 깊이 연구해야 한다. 가지와 잎이 무성하듯 학식을 넓히고 기교를 연마하여 마음속에 든든하게 쌓은 다음에 마음에 품은 것을 표현하면 곧 글이 된다. 사람들이 보고 훌륭한 문장이라고 말할 것인바, 이것이 진정한 문장이다. 문장의 길만을 따로 떼어서 성급하게 구할 수는 없을 것이다.

그대 돌아가서 탐구해 보면 자신에게도 훌륭한 스승이 있을 것이다."

— '변지의에게 주는 말'에서, 《여유당전서》

시는 뜻의 표현이다

―정약용

시는 뜻의 표현이다. 뜻이 낮고 변변하지 못하면 아무리 고상한 표현을 하려고 해도 되지 않으며 뜻이 너절하고 더러우면 아무리 건전한 표현을 하려고 해도 실정에 어울리지 않는다.

시를 공부하는 사람이 뜻을 바르게 가지지 않는다면 오물더미 속에서 맑은 샘물을 찾으며 거름을 헤치고 아름다운 꽃을 찾으려는 것과 같다. 한평생 애를 써도 아무 소득이 없을 것이다.

그러면 어떻게 해야 하는가. 자연과 인간 사회에서 진리를 발견하며 더러운 욕심과 깨끗한 양심을 똑똑히 구별할 줄 알아야 한다. 낡고 때 묻은 것을 씻어 버리며 깨끗한 진실을 발전시켜야 한다.

― '초의 스님에게 주는 말'에서, 《여유당전서》

시를 쓰는 마음가짐

—정약용

그저께 이학규[*]의 시를 보았다. 그분이 네 시를 평한 것은 실로 병통을 정확하게 찔렀다고 생각한다. 너는 그분 의견을 받아들여야 한다. 그런데 그분이 지은 시들이 아름답기는 하나 나로서는 그다지 칭찬할 수가 없다. 그러한 시의 문체를 좋아할 수가 없기 때문이다.

나랏일을 걱정하지 않으면 시가 아니고, 어지러운 시국을 가슴 아파하지 않으면 시가 아니다. 옳은 것을 찬양하고 악한 것을 미워하지 않으면 시가 아니다. 그러므로 사상이 확고하지 못하고 학문에서 바른길을 찾지 못하며, 사람의 도리를 알지 못하고, 백성을 걱정하는 마음이 깊지 못하면 시를 쓸 수가 없다. 너는 이 점을 똑똑히 알고 노력해야 한다.

두보는 시에 고사를 인용하되 흔적이 없어서 얼른 보아 모두 자기가 만들어 낸 말인 듯하나 자세히 살펴보면 다 출처가 있다. 그러므로 그를 '시성(詩聖)'이라고 한다. 한유의 시는 자구가 모두 출처가 있으나 시어는 자기 창작이 많으므로 그를 '대현(大賢)'이라고 한다. 소식의 시는

[*] 이학규(1770~1835), 자는 성수. 1801년 신유박해로 귀양살이를 하면서 강진에 귀양 가 있던 정약용과 교류했다.

글귀마다 고사를 인용했는데 그 흔적이 다 드러나서 처음에는 의미가 잘 통하지 않다가 두루 고증을 한 다음에야 겨우 통하게 된다. 그러므로 그를 '박사(博士)'라고 부르는 것이다. 소식의 시는 우리 세 부자의 재간으로 한평생 몰두하면 따라잡을 수도 있을 것이나, 이 세상에서 할 일도 많은데 무엇 때문에 그런 노릇을 하겠느냐.

그러나 시를 쓰는데 전혀 고사를 인용하지 않고 음풍영월이나 하고 바둑이나 술 이야기에 그치고 만다면, 그것이 운율이 맞더라도 세상일에는 관심 없는 고루한 마을 훈장들이나 할 노릇이다. 너는 시를 쓰면서 고사를 자연스럽게 인용하여야 한다.

고사를 인용하는데 우리나라 사람이 중국 이야기만 많이 늘어놓는 것은 대단히 누추한 일이다. 《삼국사기》,《고려사》,《국조보감》,《동국여지승람》,《징비록》,《연려실기술》, 그 밖에 우리나라 서적들에서 훌륭한 사실들을 찾아내고 또 고장마다 현실을 연구하여 시에 끌어들여야만 그 시가 세상에 이름을 남기며 후대에 전해질 것이다. 유득공*의 '이십일도회고시'를 중국 사람들이 간행한 것도 우리의 주체성을 살려야 한다는 것을 실증해 준다. 《동사즐본》이 이런 필요로 만들어진 책인데 대연*이가 네게 잘 빌려 주지 않을 것이니, 십칠사의 '동이전' 가운데서 좋은 고사들을 뽑아 쓰거라.

— '아들 연에게'에서, 《여유당전서》

---

* 유득공(1749~1807)은 조선 후기 실학자, 시인. 규장각 검서를 지냈다. '이십일도회고시'는 단군조선에서 고려까지 4천 년 동안 우리 겨레가 세운 나라의 도읍지 스물한 곳에 관해 읊은 시다.
* 대연은 조선 후기에 《해동역사》를 쓴 한치윤(1765~1814)의 자.

글을 쓰려면

―정약용

요사이 일이 년 사이에 몇몇 청년들이 중국 원나라, 명나라의 경박한 문인들 시와 메마른 노래들을 모방하여 절구와 율시 들을 짓는다고 한다. 그러고는 자기가 세상에 으뜸가는 문장가인 듯 거만을 부리며 예나 지금의 다른 것은 모조리 보잘 것 없는 것으로 여겨 쓸어버리려고 한다. 나는 이런 자들을 항상 안타깝게 생각한다.

글을 쓰려면 반드시 세상을 다스리는 옛글들을 읽어 배움의 바탕을 쌓아야 한다. 그 뒤에 역사를 공부하여 흥망성쇠의 원인을 알고 또 실용적인 학문을 연구하며 선배들이 쓴 경세에 관한 서적을 읽어야 한다. 이리하여 마음속에 수많은 백성을 구제하고 만물을 육성하려는 생각이 있어야 비로소 글 읽은 사람이라고 말할 수 있다.

이렇게 한 다음에야 안개 낀 아침이나 달 밝은 저녁, 무르녹은 그늘, 가랑비 내리는 때가 되면 문득 마음에 감흥을 얻고 거침없이 생각이 나서 자연스럽게 노래를 읊으며 곡조가 이루어져 벅찬 음향이 울려 퍼지게 되는 것이다. 이것이 시인의 생동감 있는 창작이다. 이 말을 지나치다고 생각하지 마라.

최근 수십 년 동안 괴상한 논의들이 나와서 우리 문학을 스스로 배척하여 우리 조상들의 문헌과 작품 들을 보려고도 하지 않으니, 이것은 큰 병통이다. 우리 젊은이들이 우리나라 옛일을 알지 못하고 선배들의 이론을 공부하지 않는다면 비록 학문이 고금을 통달하였다고 해도 소용없는 재간일 뿐이다.

시를 공부할 때, 시집부터 먼저 보지 말고 상소문, 차자(격식을 갖추지 않고 사실만 간략히 적어 올리던 상소), 묘비문, 서한문 들을 많이 읽어서 안목을 넓혀야 한다. 또 《아주잡록》, 《반지만록》, 《청야만집》 같은 책을 널리 구해서 읽어 넓고 깊게 볼 수 있어야 한다.

— '두 아들에게'에서, 《여유당전서》

호남의 인재 유윤오 군

―조수삼[*]

우리 호남 지방은 중국의 소주, 항주와 같아서 산천이 맑고 아름답다. 토지가 비옥하여 넉넉하고 맑은 기운이 수많은 물산에 나타나 있다. 유자, 석류, 생강, 참대 화살, 감, 소반, 삼, 가는 무명, 아름다운 목재, 좋은 쌀, 합죽선, 장지 종이 따위 특산물이 사방으로 퍼져 나간다. 서울에도 올라가고 온 나라 백성들이 호남의 생산품을 잘 이용하고 있다.

그뿐만 아니라 이 고장에는 슬기롭고 뛰어난 인재들이 많이 나서 문학의 기량이 이웃 나라에 알려지고 뒷세상에 전해질 만한 사람이 많이 있다. 지금 이 유윤오 군도 그런 사람 가운데 하나다.

내가 처음 호남 땅에 갔을 때 윤오 군은 나를 전주 여관으로 찾아와서 자기가 쓴 시를 보여 주었다. 그때 나는 시에 깊은 맛이 있는 것을 기뻐하여 우정을 맺고 돌아왔다. 윤오 군이 또 나를 뒤따라 서울로 올라왔을 때 소매 안에 가득하게 가지고 온 것이 시였다. 나는 윤오 군이 천

[*] 조수삼(1762~1849)은 중인 신분으로, 여든세 살에 과거에 합격해 진사가 되었다. 여섯 차례나 중국을 여행하여 청나라의 이름난 선비들과 교유했고 중국에까지 시인으로 이름을 알렸다. 젊어서는 삶의 진솔한 이야기나 자연을 소재로 시를 썼고, 나중에는 사회 현실을 묘사한 시를 많이 썼다. 저잣거리에서 보고 들은 사람들을 쓴 연작시가 《추재집》에 전한다.

리 길을 멀다 하지 않고 찾아온 뜻을 알기에 집에 간직해 두었던 두보의 시집 한 질을 선물하면서 그의 시에서 지나치게 고운 면을 없애고 두보처럼 노련해질 것을 바랐다.

그 뒤에 다시 남쪽 고을에 내려갔을 때 다시 윤오 군과 더불어 밤낮으로 놀면서 수많은 시를 보았는데 지나치게 화려하던 것이 진실해지고 연약하던 것이 굳세어져, 말로 칭찬은 하지 않았으나 마음속으로 대단히 기뻐하였다.

이제 윤오 군이 네 해 만에 또다시 나를 찾아왔는데, 이번에는 시의 감흥이 더욱 풍부해지고 재간이 더욱 발전하였다. 말이 세련되고 격이 새로워져, 깊고 노숙한 시풍이 이미 옛 선배들의 경지에 이르렀으니 고전 작품들을 방불케 한다.

높은 고개 위 큰 소나무도 군의 시보다 힘차지 못할 것이며 하늘을 나는 수리개(솔개)의 날개도 군의 시보다 굳세지 못할 것이다. 내 구구한 말솜씨로는 군의 시를 찬양할 수 없구나.

아, 윤오 군이 시를 향해 노력하는 것이 지극하다. 내가 윤오 군에게 준 선물이 빛이 나서 또한 다행스럽다. 윤오 군의 시가 앞으로 호남의 특산물인 화살, 유자, 석류 들처럼 사방으로 퍼져 나가며 서울에도 올라가서 사람마다 기뻐하고 집집마다 다 소장하게 될 것이다. 만일 윤오 군의 시가 이렇게 발전한다면 몇 년 안에 반드시 남쪽 땅에서 크게 이름을 떨칠 것이며, 윤오 군을 우리나라 수백 년 역사에서 호남 땅이 낳은 걸출한 인재라 할 것이다.

윤오 군이 그렇게 성공하기를 기다려 마지않으므로 돌아갈 때 그 시집 첫머리에 이 글을 써 주노라.

— '유윤오의 시집에 부쳐', 《추재집》

내 젊은 날 글쓰기 버릇

―조수삼

　나는 젊었을 때 경박하고 화려한 표현을 즐겨 썼다. 그러나 십수 년 전부터 잘못을 깨닫고 검소하고 진실하게 쓰기에 힘을 썼다. 점차 낡은 버릇을 씻어 지금에 와서야 겨우 고쳤다.

　그러나 말을 달리며 검술을 익히던 호협한 청년이 나이 들면서 차차 평소 행실을 고치고 독서에만 열중하여 큰 선비가 되었다고 치자. 그가 때때로 술을 마시고 흥분할 때에는 팔뚝을 걷어 올리며 큰소리치는 것처럼, 나도 또한 그렇게 되어 종종 예전 글쓰기 버릇이 튀어나온다. 옛사람들같이 지성을 다하며 세상을 걱정하지는 못하고 다만 스스로 자책하며 노력할 뿐이다. 이것은 나 혼자만 알지 남들은 자세히 알지 못한다.

　형암 이덕무가 내가 젊었을 때 쓴 작품을 몹시 칭찬해 주었다. 작품을 보기만 하면 곧바로 여러 번 소리를 내어 읊고, "이 시를 쓴 이는 늘그막에 반드시 크게 변할 것이다." 하며 감탄하였다. 지금 내 시는 변하였으나 형암의 무덤에는 벌써 여남은 번이나 풀이 돋아났다. 한밤중에 깨어 내 시가 좋게 변하였는지 나쁘게 변하였는지 증명할 길이 없는 것을 한탄한다.

그대가 알고 보는 것이 내가 스스로 아는 것과 비슷한지, 또한 형암이 나를 아는 것처럼 그대가 알고 있는지. 이제 다시 그대의 평론이 있을 줄 믿으니 기다리고 있다.

— '박생에게 주는 글'에서, 《추재집》

"나는 지금 사람이다"

―김려[*]

이옥[*]의 문장은 섬세하며 시정이 용솟음친다. 그의 시는 가볍고 맑으며, 격조가 있고 예리하다. 이옥은 늘 말하였다.

"나는 지금 사람이다. 내 스스로 시를 쓰며 문장을 만드는데 옛날 중국 진, 한 시대가 무슨 상관이 있는가. 위, 진 시대나 당나라의 시가 우리와 무슨 관련이 있느냐."

이옥은 또 옛 곡조에 가사를 써 넣는 일도 잘했으나 이것을 나는 특별하게 여기지는 않는다.

― '묵토향초본 뒤에 쓴다'에서, 《담정유고》

---

* 김려(1766~1822)는 조선 후기에 활약한 시인, 산문가이자 역사학자이다. 정치적으로 노론 시파 계열에 속하였으나 억압과 피해를 당한 사대부로 평생을 보내다 생을 마감하였다. 정통 고문에서 벗어나 '패사소품체'로 독특하고 개성이 넘치는 시문을 창작하였다. 함경도 부령과 경상도 진해에서 십여 년간 귀양살이를 하기도 했다. 《우해이어보》, 《담정유고》가 전한다.

* 이옥(1760~1815)은 조선 후기 문인으로 30세를 전후하여 성균관 유생으로 소설 문체를 써서 정조가 일으킨 '문체반정'의 희생양이 되었다. 그 뒤 관직에 나가지 못하고 고향에 머물면서 시와 산문을 썼다. 친구인 김려가 《담정총서》에 이옥의 글들을 담아 전한다.

이옥을 비난하는 것에 대해

―김려

사람들은 이옥이 고문을 잘하지 못한다고 한다. 이것은 이옥 자신이 인정하는 바다. 이옥은 고전을 연구한다고 하면서 진실하지 못한 길에 빠진다면 오늘 유익하게 활용할 수 있는 문장을 배우는 것만 못하다고 주장한다.

그런데 남의 말을 덮어놓고 따르는 사람들이 이옥이 고문을 모른다고만 비난하니 안타까운 일이다.

― '문무자문초 뒤에 쓴다'에서, 《담정유고》

문장을 보는 것은 꽃을 보는 것과 같다

—김려

남의 문장을 평가할 때 그 시대를 논할 수 있고 작품의 대소장단을 논할 수도 있다. 그러나 만일 어떤 작품이 소품이라 고문이 아니라고 한다면, 이는 귀로 음식의 맛을 보려는 것처럼 무모한 짓이다.

문장을 보는 것은 꽃을 보는 것과 같다. 모란이나 함박꽃이 탐스럽고 아름다운 것을 보고 패랭이꽃이나 수구화[*] 따위를 버리며, 국화나 매화의 담박함을 좋아하여 복숭아나 살구꽃의 아리따움을 싫어한다면 어찌 꽃을 감상할 줄 안다고 하겠는가?

— '도화유수관소고 뒤에 쓴다'에서, 《담정유고》

---

* 수구화는 인동과의 낙엽 관목. 초여름에 흰색 꽃이 둥글게 모여 달린다.

덕 있는 자는 문장도 아름답다

─홍석주[*]

문장은 말을 꾸미거나 가락을 맞추는 것이 아니다. 덕이 있는 자는 반드시 덕이 말로 드러나는데 이치를 깊이 이해한 사람은 문장도 아름답지 않은 것이 없다.

*

소식은 일찍이 이런 말을 하였다.

"길거리의 아이들이 옛말 하는 것을 듣다가 삼국시대 이야기에 이르러 유비가 패하였다고 하면 얼굴을 찡그리며 눈물을 흘리다가도 조조가 패하였다고 하면 아주 기뻐서 떠들어 댄다."

그렇다면 이미 북송 때부터 지금의 《삼국지연의》 같은 것이 거리와 부녀자들 사이에 퍼진 것이 아니겠는가? 사람들이 좋아하고 미워하는 감정은 예나 지금이나 슬기로운 사람이나 우둔한 사람이나 한결같음을 알 수 있다.

[*] 홍석주(1774~1842)는 조선 후기 문신으로, 여러 벼슬을 거쳐 좌의정까지 지냈다. 성리학 세계관을 지킨 정치관과 학문관을 유지했다. 시와 산문을 잘 지어 시대를 대표하는 고문가로 명성을 얻었다. 아우 홍길주, 홍현주가 모두 뛰어난 문인이다. 《학강산필》이 전한다.

❋

사람은 혼자 자신을 알릴 수 없다. 반드시 말하는 사람이 있어야 남에게 일러 줄 수 있다. 더구나 글로 쓰지 않으면 멀리 후세에 전할 수 없다. 이것이 글쓰기가 소중한 까닭이다.

❋

선비들 가운데 역사가 오랜 도구, 글씨, 그림 따위를 남달리 좋아하는 이가 많다. 그것은 도구, 글씨, 그림 따위를 좋아하는 것이 아니라 오랜 전통을 사랑하는 것이다. 옛것을 귀중히 여기는 것은 거기서 옛날의 문물 제도를 볼 수 있고, 옛사람의 유풍을 짐작할 수 있기 때문이다. 그러나 이것은 바로 옛사람 생활의 한 면만을 보여 줄 뿐이다.

만일 오랜 것을 좋아할 뿐 그 속에서 진실로 좋은 것을 알아채지 못하면 전통을 사랑한다고 할 수 없다.

❋

시는 운율을 맞춘 말이다. 그러므로 시는 음률에 맞추지 않을 수 없다. 그런데 지금의 음률이란 것은 옛날의 음률이 아니다.

만일 운율이 없는 글이라면 그것은 물론 시와 다르다. 저 사륙변려체 문장은 고문이 아니고 문장의 한 형태다.

—《학강산필》에서

낡은 말과 새로운 말

―홍석주

구양수가 증공[*]에게 일렀다.

"글을 지을 때에는 말을 억지로 지어내거나 이전 사람의 것을 모방하지 말라. 이런 버릇은 왕안석이 시작한 것이다."

증공이나 왕안석의 문장과 같은 것을 경계해야 한다. 새로 글을 배우는 학생이 어찌 이전 사람의 모범을 따르지 않겠는가마는, 모범을 따르는 것과 모방하는 것은 같지 않다. 아, 중국 명나라 중엽 이후 오늘까지 삼백 년 동안 문장의 병통은 지어내는 것과 모방이라는 두 마디로 표현할 수 있다.

＊

옛사람 글에는 지어낸 말이 없는가. 말하자면 지어낸 말과 창의적인 말은 같지 않다. 자기 의사를 충분히 표현하면 그 표현은 자연히 이치에 맞게 된다. 또한 이전 사람이 미치지 못한 바를 비로소 계발할 뿐만

---

[*] 증공(1019~1083)은 중국 북송의 문장가. 당송팔대가의 한 사람.

아니라 후세 사람들이 받들어 모범을 삼을 만하다. 이것을 바로 창의적인 말이라고 한다.

그러나 만일 구절을 이상하게 만들고 문헌에 없는 새것이라 내세워 이치에 어긋나는 표현을 억지로 한다면 이것은 바로 지어낸 말이다.

✻

문장은 내용이 뛰어나고 표현이 세련될 뿐 아니라 왕성한 기운이 있어야 한다. 한유의 문장을 으뜸으로 치는 것은 이 때문이다.

어떤 사람이 이렇게 평론하였다.

"이미 낡은 말을 없애려고 노력한 것이 한유의 특징 아닌가. 낡은 말을 없애려는 것이 어찌 억지로 말을 지어내는 것이 되지 않겠는가."

그러나 나는 이렇게 주장한다.

"그대는 낡은 말이라고 하면 옛사람들이 먼저 쓴 어구만을 의미하는 것이라 생각하는가? 옛사람들이 이미 쓴 어구를 한유는 본디 쓰지 않았다."

그러면 이른바 낡은 말이란 무엇을 뜻하는가?

나는 이렇게 말한다. 문장이란 제 생각을 표현하는 것뿐이다. 비록 옛사람이 쓴 말이라도 그것으로 제 생각을 표현할 수 있다면 어찌 쓰지 못하겠는가?

❉

　나는 일찍부터 문장이란 재능이 있고, 기운이 있고, 또 힘이 있어야 한다고 말해 왔다. 재주에는 고금의 구별이 없으나 힘에는 구별이 있다. 기운은 기를 수 있으나 힘은 억지로 할 수 없다.

❉

　문장은 사상의 표현을 주로 삼고 이치에 맞는 것을 귀히 여긴다. 이치는 예나 지금이나 다름이 없다. 옛사람의 말을 써서 자기 사상을 전달할 수 있다면 옛사람의 말을 쓸 수도 있다. 비록 자기 사상을 표현하고자 하나 옛사람이 그 말을 만들지 못했을 때는 새로운 말을 지어낼 수도 있다. 옛사람의 말을 쓰면서 다만 어구만 고쳐 새롭게 보이려고 하는 것은 비루하기 짝이 없는 짓이다.

❉

　작가들은 사투리와 입말을 문장에 쓰는 것을 몹시 꺼린다. 그러나 옛날의 어조사들은 다 지금 쓰는 입말들이다. 무릇 경전, 역사, 문집 들에서 거칠어 읽을 수 없는 것은 모두 입말이 아니면 사투리들이다.

—《학강산필》에서

시는 사람을 감동시켜야

―홍석주

시의 사명은 사람을 감동시키는 데 있다. 비록 품격의 높낮이가 다르고 느낌의 바르고 그름이 있을지언정, 시는 사상과 감정에 뿌리박고 심오한 진리에서 피어나는 것이다.

안연지, 사령운 때에 이르러 대우법*이 성행하고, 심전기, 송지문에 이르자 격률이 엄정해져서 아름다운 말로 꾸미고 평측법*으로 구속하였다. 또한 해박한 고사를 자랑하고 어려운 운자로 기교를 다투더니 마침내는 꾸미고 장식하는 솜씨만 늘어 갔다. 반면에 백성들 목소리를 표현하는 기능은 잦아들게 되었다.

시작이 애초부터 사상과 감정에 뿌리박지 않고, 심오한 진리에서 피어나지 않았기에 아무리 사람을 감동시키려 해도 어찌 비슷하게나마 할 수 있겠는가?

내가 일찍부터 강조하기를, 성인이 나라를 다스리게 되면 마을 부녀자들이 흥얼거리는 노래에서 시를 구할지언정 결코 후대의 율시에서

* 대우법은 서로 반대되는 사실이나 비슷한 어구로 짝을 맞춰 꾸미는 방법.
* 평측법은 한시에서 음운의 높낮이를 맞추는 법.

배우려 하지 않는다고 한 것 또한 주자의 가르침을 따른 것이다.

❋

옛사람과 지금 사람의 거리가 멀어도 옛사람 문장에서 이해 못 할 것이 없다. 사람은 정서에 고금의 차이가 없기 때문이다. 말은 감정의 표현인데 시는 더욱 그러하다.

❋

문장은 성현의 가르침을 밝히는 것이 기본이다. 시는 사람을 감동시키는 것이 중요하다. 공자는 시를 논하면서 첫째로 '흥'에 대하여 말하였다. 흥이란 사람을 감동시켜 분발하게 한다는 말이다. 그리고 뭇사람의 신념을 나타냄도 모두 사람을 감동시키는 데 귀착된다.

《시경》삼백 편은 물론이요, 초나라 사람의 '이소'나 한나라의 고시나 당나라의 악부 가행이 사람들로 하여금 비분강개하여 흐느끼며 눈물을 흘리게 할 수 있다. 또 혼연히 의기양양하여 뛰놀게 할 수도 있는 것은 모두 사람에게 감동을 주기 때문이다. 비단처럼 화려하고 장식처럼 교묘할 뿐만 아니라 어려운 운자를 달아 더욱 솜씨를 부리기도 한다. 새것을 내세워 더욱 눈에 띄게 한 작품이 화려하기 당나라 음악 같고, 기이하기 이하와 같고, 교묘하기 황정견 같고, 박식하기 전겸익 같을 수 있다. 그렇더라도 나는 그것을 시라고 하지 않는다.

어찌 이뿐이랴. 오늘 마을에서 부르는 백성들의 구전 가요도 능히 사람의 감흥을 일으킬 수 있는 것은 다 시이기 때문이다.

그리하여 느낌이 있다는 점에서는 같지만 거기서 느끼는 바가 바르고 어지러움은 같지 않다. 만일 시가 바르지 못하면 사람을 더 깊이 미혹하게 하며 사람의 심정을 더 혹독하게 해친다. 옛사람들이 음란한 소리를 배척한 것은 이 때문이다. 또한 옛사람들이 시를 논할 때 반드시 생각을 바르게 하는 것을 중요하게 여긴 것도 이 때문이었다.

✳

주석이 복잡하면 고전의 본뜻이 흐려지고, 평론이 지나치면 문장이 약해진다. 의논이 많으면 성취하기 어려운 것은 당연한 이치다. 문장을 논하되 가르침을 밝히는 것을 기본으로 하며 시를 논하되 사람을 감동시키는 것을 기본으로 하면 한마디로 그칠 수 있다.

이른바 체재니 격조니 운율이니 하는 것들은 모두 곁가지에 지나지 않는다. 더구나 어음이 맞는가 안 맞는가, 대구가 되었는가, 고사와 운자의 이용이 솜씨 있게 되었는가, 그렇지 못한가 따위는 말할 나위도 없다.

✳

시는 사상과 감정에 바탕을 두고 심오한 진리에서 출발하니 내용은 진실하고 시어는 유창하고 기백은 자유롭다. 그리하여 사람들을 감동시킴으로써 선을 권하고 악을 징계하여 사람들을 교양하며 생활 풍습을 개선하게 한다.

예부터 지금에 이르기까지 모든 시들이 비록 격조의 높낮이가 다르
고 취지의 아름다움을 달리하고 있으나 모두 진실하고 유창하고 자유
로워 사람들을 감동시키는 것에는 차이가 없다.

문장이 화려할수록 사상과 감정이 은폐되고, 꾸밈이 공교로울수록
천진한 맛이 없어진다. 이런 폐단은 대체로 사령운 때부터 시작되었다
는 사실을 지적하지 않을 수 없다.

✻

시는 내용을 주로 한다. 만일 그 내용이 지극히 정당하여 다른 말로
바꿀 수 없다면 운자를 달지 않아도 무방하다. 운으로 쓸 만한 글자가
없으면 다른 운을 달 것이며 만일 다른 운이 없다면 차라리 운을 달지
말아야 한다. 시인에게 운율을 복종시키는 것은 옛사람의 시요, 시인을
운율에 복종시키는 것은 요즘 사람의 시다.

─《학강산필》에서

문장의 오묘한 맛

―김정희[*]

많은 것을 듣지도 보지도 못하고 다만 속되고 좁은 식견으로 천하의 문장을 보려고 하는 사람들이 어찌 문장을 제대로 파악하겠는가. 문장의 오묘한 맛은 남의 것을 비슷하게 따라가는 데 있는 것이 아니다. 걷잡을 수 없이 솟아오르는 감정을 황홀하게 느끼고 자기도 모르는 사이에 이를 잡아내서 야릇하고 기묘한 표현으로 드러내는 데 있다.

― '인재설'에서, 《완당선생전집》

---

[*] 김정희(1786~1856)는 조선 후기의 문신. 호는 추사, 완당. 시와 글씨와 그림에 뛰어나 예술가로 이름을 떨쳤다. 박제가의 제자로 북학파의 정신을 이어받았으며 고증학 가운데 금석학에 조예가 깊었다. 제주도에 유배되었을 때 '추사체'라는 글씨체를 완성했으며, 한문만이 아니라 우리 글로도 편지를 많이 남겼다. 《완당척독》, 《완당선생전집》이 전한다.

자기를 속이지 말라

—김정희

군자는 지나친 찬사와 사실에 어긋나게 기리는 것을 부끄러이 여겨야 한다. 이는 군자만 부끄럽게 여길 뿐만 아니라 문장에서도 몹시 꺼릴 일이다.

지금 문장에 뜻을 두는 사람들이 첫째로 조심할 것은 자기를 속이지 않는 것이다. 자기를 속이지 않는 것에서 출발하면 마음이 이치에 가닿고 관찰력이 환하게 밝아질 것이다. 이렇게 된다면 어찌 문장을 잘 쓰지 못하겠는가?

이것은 물론 다른 사람에게서 구하지 말고 자기 자신에게서 찾아야 한다.

— '이최상에게 주다'에서, 《완당선생전집》

시대의 노래

—김정희

당나라 시와 송나라 시가

저마다 훌륭하여

자기 시대를 노래하였도다.

시들의 격조가 서로 다른 건

또한 어찌할 수 없는 일

시대가 변한 때문이로다.

어찌 지난 시대의 격조를

억지로 본받아

남의 정신으로 뜻 없이

자기 목소리를 울리랴.

송나라 시인들은

당나라 뒤에 났으니

자기 시대의 노래를 개척하기

진실로 쉬운 일이 아니었도다.

능히 이 일을 해낸 시인

한 시대에도 몇 사람뿐

나머지 사람들은 저마다

한결같이 흠집이 많도다.

시의 깊은 곳에는

진리가 숨어 있고

사회의 질서를 지켜야 하는

강한 주장도 변함이 없도다.

원나라와 명나라 시인들은

옛 테두리에 얽매여

자기 시대의 격조를 만들지 못했으니

그들의 기량은 몹시 뒤떨어졌도다.

시인의 시야는 한이 있고

시의 극치는 비교하기 어려운 것

어이하여 오늘날 어리석은 사람들

당나라 송나라를 갈라 놓고

그 어느 하나를 모방만 하려는가.

입에 침이 마르도록

당나라 시를 치켜세워도

무엇이 다르랴

양이 범의 가죽을 쓰려는 것과.

남의 흉내를 내어 큰소리치지만

시 정신은 이미 죽어

냄새가 풍기는구나.

억지로 옛 시의 기상을 갖추고

무리하게 위신도 세워 보지만

가련하다 그것은 썩어 가는 물건

가장 신성하게 받들어야 할

시대의 노래는 되지 못하리.

만일 그대가 소식과 황정견의

뒤꼬리를 따르며 배운다면

어리석은 종처럼

종일토록 매나 맞으리.

명나라 왕세정과 이반룡* 떠받들어도

남의 비웃음을 면치 못하리.

* 왕세정과 이반룡은 모두 중국 명나라 시인. 시를 쓸 때 반드시 당나라 시의 격조를 모방해야 한다
고 주장했다.

하물며 재간이 서툴러

허수아비 같은 걸 만들어 놓고

신선이라고 우길 수는 없으리.

이백과 두보가

오늘 태어났어도

그들 또한 예전 수법

그대로는 시를 쓰지 않으리.

그대 옳게 배우려거든

당나라 송나라 시인들의

시대정신을 배우게.

— 《완당선생전집》

글과 감정

—이상적[*]

옛사람이 시 한 구절을 읊조리고 "글이 감정에서 나는지 감정이 글에서 나는지 모르겠다."고 하였다.

대개 감정에는 얕고 깊음이 있고, 글에는 잘 되고 못 됨이 있는 터라. 글도 좋고 감정도 풍부하여 감정과 글이 서로 호응하기는 그렇게 쉬운 일이 아니다.

그대는 감정이 글보다 앞설 뿐만 아니라 글도 감정에 못지않다.

아, 그대의 글에는 미칠 수 있으나 감정에는 도저히 따를 수 없다.

— '홍희 무덤에서'에서, 《은송당집》

[*] 이상적(1804~1865)은 중인 신분이었으나 순조, 헌종의 관심을 받아 지중추부사와 온양 군수 같은 벼슬을 했다. 역관으로 열두 번이나 중국을 오가며 저명한 중국 문인들과 사귀었다. 신위, 김정희 들에게 배우고 영향을 받았으며 시를 비롯하여 서화와 금석학에 조예가 깊었다. 문집 《은송당집》이 전한다.

시는 그림이고 그림은 시인데
— 이상적

꽃에서는 모란꽃이 가장 귀엽고

새에서는 공작이 가장 화려하구나.

자연은 왜 이리 치우치게 주었나.

꾀꼬리에겐 맑은 소리를

난초에게는 향긋한 냄새를.

연릉*은 음악을 듣고 풍속을 판단했네.

한 고장의 민요는 백성의 목소리라

형상은 모름지기 진선미를 요하느니

전통을 또한 어찌 소홀히 하랴.

남의 글을 주워다가 함께 보는 짓

돌이켜 생각하면 내가 심했네.

* 연릉은 중국 춘추전국시대 오나라 사람 계찰. 오나라 왕의 아들로 연릉의 제후가 되었다.

여산의 풍경은 그대로가 아니니

남의 차림을 모방한들 무엇 하랴.

시는 그림이고 그림은 시인데

오묘한 건 깨닫고 다시 확인함이라.

준마를 낡은 끈으로 얽매지 말라

창공을 달리는 말발굽 소리는 우리 꿈이네.

거문고는 바다 밖으로 마음을 끄는데

아양 같은 옛 곡조를 어찌 그냥 버려두랴.

분분한 다툼 소리 귓등으로 들려도

초동의 피리 소리 오히려 흐뭇하여라.

―《은송당집》

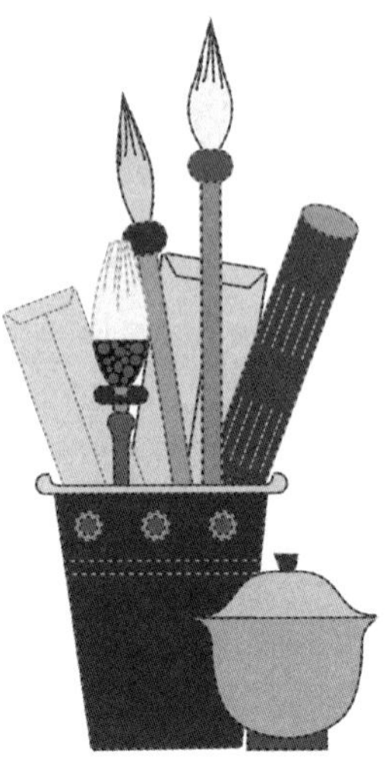

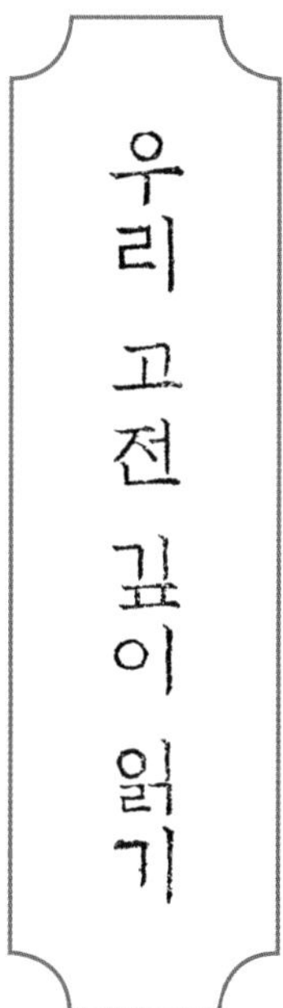

- 우리 겨레의 예술과 미학

- 선비들의 글쓰기 정신

- 오늘, 고전을 읽어야 하는 까닭

우리 겨레의 예술과 미학

미학, 예술의 본질과 의미

우리는 모두 아름다움에 민감하게 반응한다. 곁에서 누가 "와, 저것은 참 아름답다"는 말하면, 우리는 놀라 그쪽으로 눈길을 돌린다. 이때 '아름다운 것' 은 '추하지 않다'고 할 수 있다.

그렇다면 추한 것은 무엇일까?

사물이 갖추어야 할 것을 모두 갖춘 상태가 추하지 않은 모습이다. 마땅히 있어야 할 요소가 없거나 부족할 때 우리는 추하다고 느낀다. 그렇다면 아름 다움을 추구한다는 것은 곧 추한 상태에 머물지 않으려는 노력이다. 우리는 날마다 '아름답다'와 '추하다'를 가늠하며 산다.

무엇을 아름답다고 느끼는가는 시대와 역사적 상황, 사회적 맥락에 따라 달라진다. 미학은 이러한 차이를 탐구한다. 미학은 예술의 본질과 가치, 창의 성, 감상 방식 들을 연구하는 학문으로, 그리스어 '아이스테시스'(aisthesis, '직 감적 이해'를 뜻하는 말)에서 유래했다. 아름다움뿐 아니라 숭고함, 비장함, 해 학, 풍자 같은 다양한 미적 경험을 포괄한다.

오늘날 미학은 '아름다움이 무엇인가?'라는 물음에 그치지 않는다. 아름다움의 다양한 형태, 미적 경험의 본질, 또 예술의 사회적인 의미, 그리고 예술을 이해하고 해석하는 인간의 방식을 함께 살핀다.

우리 겨레의 미학

서양에서 출발한 미학은 철학의 일부로 논의되다가 예술로 확장되었고, 동양(중국, 인도)을 거쳐 한반도 우리나라에 이르러 고유한 미학으로 발전했다.

'우리 겨레의 미학'은 한국 예술에 담긴 특질적 미감과 맞닿아 있다. 흔히 우리 겨레의 아름다움을 자연과의 조화, 절제, 해학과 풍자, 그리고 무의식적인 미로 설명한다.

이 미의식은 우리 겨레의 정서와 문화를 바탕으로 형성되었고, 시대에 따라서 시대와 사회의 맥락 속에서 변화, 발전해 왔다. 자연과의 조화에서 비롯한 소박한 아름다움, 해학과 익살, 한과 멋이 담긴 풍류는 고전 문학과 예술 전반에서 확인할 수 있다.

삼국시대에서 고려, 조선으로 이어지며 우리 작가들은 예술의 근본을 탐구했다. 특히 조선 후기에는 미학적 경험과 현실이 어떻게 깊게 연관을 맺는지 주목했다, 실학의 확산, 청나라, 일본과의 교류, 일제 강점기의 격동 속에서 예술과 미학의 의미는 더 확장되었다.

문학과 예술에 관한 질문들

이 책은 향가의 독자성을 주장한 최행귀에서 시작해 이규보, 이제현, 서거정, 김만중, 박지원, 정약용, 김려, 김정희까지 옛 선비 서른한 사람의 문학론, 음악론, 미술론을 소개한다. 시와 문장, 그림과 음악에 관한 글을 통해 우리 겨레의 예술관과 미의식을 함께 읽을 수 있도록 했다.

이 책을 처음 엮은 북녘 학자들은 선비들의 글을 읽으면서 예술과 문학, 미의식을 이해하기 위해 물음을 던졌다. 오늘날에도 유효한 물음들이다.

내용이 중요한가, 형식이 중요한가?

옛것을 배워야 하는가, 새것을 만들어야 하는가?

중국과 우리나라 문장은 같은가, 다른가?

예술은 세상의 바른길을 보여주어야 하는가?

어떤 시가 훌륭한가, 시가 갖추어야 할 것은 무엇인가?

시를 이해하기란 왜, 얼마나 어려운가?

예술 능력은 타고나는가, 배우고 기르는가?

우리 겨레는 이 물음들에 어떻게 답을 찾아 왔는가?(?어떻게 답해 왔는가?)

서른한 사람 선비들은 학식과 덕을 갖춘 학자였다. 때를 만나면 벼슬하여 백성을 이롭게 하고, 부덕한 시대에는 벼슬을 버리고 은둔하며 올바른 길을 지키고자 했다. 이들에게 글쓰기는 개인의 수양을 넘어, 학문을 전하고 세상을 바로잡는 실천 방법이었다.

선비들의 글쓰기 정신

진정한 의미와 현실을 담는 그릇

우리나라 문장가의 첫머리는 신라의 최치원이다. 최치원은 당나라 과거에 급제했는데 문장으로 나라 안팎에 이름을 크게 떨쳤다. 고려에는 김부식, 이규보, 이인로, 이제현, 정몽주, 이색 등이, 조선이 들어서서는 성혼, 서거정, 김수온, 강희맹, 성임 등이 뒤를 이었다.

성혼은 고려 시대 선비들의 문장을 두고 "정밀하나 시원하지 못하고 진실하나 영롱치 못하고, 건강하나 고운 맛이 없다. 얌전하나 줄기차지 못하고, 순수하나 절실하지 못하고, 장대하기는 하나 절제할 줄을 알지 못한다."고 평했다.

이규보와 이제현의 문장은 특히 돋보인다. 두 사람은 유학의 영향을 받았으나, 문학적 기량으로 현실을 담으려 했다. 이규보는 국난 속에에 민족의 자긍심을 자긍심을 고취하고자 웅장한 서사시 《동명왕편》을 지었다. 그의 글에는 현실의 고통과 비극이 스며 있으며, 이러한 시선은 박지원과 정약용, 나아가 현대 사실주의 문학으로 이어진다.

이제현은 문장의 꾸밈보다 진정하고 깊은 뜻을 중요하게 생각했다. 그는 문장에 진정한 의미를 담아야 한다고 본 중국 유종원과 한유의 전통을 이어

받아 '뜻'을 앞세웠다.

시의 뜻은 본디 하늘에서 나오거늘

덤빈다고 해서 찾지 못하리.

찾기 어렵다고 지레짐작하고

저마다 화려함만 일삼느니라.

이렇게 사람들을 눈속임하여

빈곤한 뜻을 가리려 하거니

이런 버릇이 이미 자리를 잡아

시 정신이 땅에 떨어졌구나.

걸출한 시인이 다시 나지 않으니

누구와 더불어 옳고 그름을 가려내랴.

내 무너진 터를 쌓으려 하나

흙 한 삼태기도 돕는 이 없네.

시 삼백 편을 외운다 한들

세상을 깨우치는 데 무슨 보탬이 있으랴.

제 길을 걸어감이 또한 괜찮겠지만

혼자 부르는 노래를 사람들은 아마도 비웃으리.

—37쪽, 이규보, '시의 뜻은 하늘에서 나오거늘'

이규보는 시의 참뜻이 '따로' 있다고 말하며 화려함을 쫓는 당시의 풍토를 비판했다. 시는 말과 뜻이 아울러 아름다워야 하고, 뜻이 깊이 함축되어야 한다고 했다. 선비는 그 경지에 이르기 위해 갈고 닦아야 하며. 그렇지 못한 시는 그저 '혼자 부르는 노래'일 뿐이라고 보았다.

한편, 이제현은 마음에 먹은 뜻이 말로 표현하면 시가 된다고 했다. 또한 좋은 문장은 담담히 흐르는 물처럼 침착하고, 그칠 때는 그칠 줄을 아는 글이라 했다.

시는 뜻이 쏠릴 때 드러난다. 마음에 먹은 것이 뜻인데, 이것을 말로 표현하면 시가 된다.

—79쪽, 이제현, '뜻을 말로 표현하며'

예술은 사상과 감정의 표현

조선은 선비들의 시대였다. 별처럼 많은 선비들이 시와 문장으로 이름을 걸고 겨루었다. 글을 쓰고, 시와 글씨, 그림, 음악을 향유하는 선비들이 사회의 중심이었다. 밖으로는 명나라와 청나라, 일본과도 영향을 주고받았다. 세종은 집현전을 설치해, 신숙주, 박팽년, 성삼문, 유성원, 이개, 하위지 들을 맞이했고, 뒤이어 서거정, 김수온, 강희맹, 이승소, 김수녕과 성임, 성혼 같은 이들이 잇따랐다. 서거정은 시와 글이 화려하고 아름다웠고, 김수온은 웅장하고 호방하였다.

시는 사대부에게 선비 정신의 정수였다. 시는 아름다움을 표현하는 방식이자, 현실에 대응하는 방식이었다. 중국의 당나라, 송나라의 양식을 따르면서도 우리 현실에 맞는 내용, 곧 사상과 감정을 드러내기 위해 치열하게 고민했고, 이를 두고 시와 문장으로 논쟁했다.

시는 사상과 감정의 표현이다. 제아무리 시어를 잘 다듬었다 하더라도 정작 사상과 그 지향이 결여되었다면 시를 아는 사람은 이를 취하지 않을 것이다.

—116쪽, 유몽인, '시는 사상과 감정의 표현'

이는 자칫 문장의 틀을 소홀히 하자는 말이 아니다. 이수광이 말한 대로 시(글)에서 조화가 중요하다. 마음속에서 이루어진 문장, 곧 사람의 심리와 사상과 감정을 진실하게 담아 낼 때 실제로도 도움이 된다.

나는 무릇 글에 조화가 중요하다고 생각한다. 마음속에서 이루어진 문장은 반드시 정교하게 되나 손끝으로 이루어진 문장은 정교하게 되지 않는다. 그런데 세상에는 마음속으로부터 글을 이루는 이가 적으니, 그 글이 정교하지 못한 것은 당연한 일이다.

—131쪽, 이수광, '문장에서 중요한 것'.

진실이 아니면 쓸모가 없다

명화는 널리 인정받은 그림이다. 옛날부터 명화로 전해 오는 그림에, 사람이 고개를 들고 소나무를 쳐다보고 있는 장면 있다. 그런데 사람이 고개를 들면 목 뒤에 주름이 잡히는데 그림에는 없다. 안견은 이런 그림은 버려진다고 했다. 사실을 외면한, 진실과 먼 예술은 모두 아름다움의 영역에서도 인정받기 어렵다.

이는 시와 문장, 그림, 음악 모두에 해당한다. 예술에서 가장 중요한 것은 진실이다. 진실은 현실과 맞닿아야 하며, 현실을 정확하고 설득력 있게 담아야 한다. 이수광은 "천 번 다듬어야 글귀를 이루고, 백 번 다듬어 글자를 이룬다."고 했다. 그만큼 어렵다는 뜻이다.

진실을 담으려면 우리말을 능숙하게 부려 말과 가락을 살려야 한다. 김만중은 사대부들이 중국 글과 말을 따라 흉내 내는 풍조를 비판했다,

지금 우리나라의 시문은 제 말을 버리고 남의 나라 말을 배우고 있는데 비록 그것이 아무리 비슷하더라도 앵무새가 사람을 흉내 내는 데 지나지 않는다. 마을의 나무꾼 아이와 물 긷는 아낙네들이 흥얼거려 서로 화답하는 소리가 비록 비속하다고 하나, 만일 참과 거짓을 따진다면 사대부들의 시부 따위와는 결코 같이 말할 수 없는 것이다.

—141쪽, 김만중, '나무꾼 아이와 물 긷는 아낙네의 말'

그러나 당나라 사람들은 당나라 사람이고 지금 사람은 지금 사람이다. 그때와 지금

이 천백 년이나 서로 떨어졌는데 성음, 기상, 격조를 모두 같게 한다는 이치가 있을 수 없다. 억지로 같게 한다면 나무와 흙으로 된 허수아비로 사람을 본뜬 것일 따름이다. 형체가 비록 뚜렷할지라도 본질은 진실로 여기에 있지 않으니 무엇이 더 귀중한가?

—144쪽, 김창협, '송과 명, 당나라 시를 배우는 자세'

세상을 바꾸는 힘

연암 박지원과 다산 정약용 두 사람은 조선 후기 실학을 대표한다. 두 사람은 닮은 듯 다르고, 다른 듯 닮았다.

연암은 실용적인 지식과 문학적 감수성을 중시했다. 그는 청나라의 새로운 문물을 적극 받아들이며 현실 개혁을 추구했다. 연암의 글은 현실을 있는 그대로 생생하게 드러내어 비판하며, 실용적인 지식을 탐구하는 데 집중했다. 새로운 지식에 호기심이 많았고, 문학적 감수성도 풍부했다. 학문을 넘어서 문학을 통해 현실 문제를 드러내고 고치려 한 것이다. .

다산은 주자학을 비판하고 경전을 새롭게 해석하며 실상사상을 발전시켰다. 다산은 학문과 저술에 전념하면서, 사회 개혁을 위한 실천적인 지식을 탐구했다. 그의 글은 깊은 사상과 함께 현실 문제를 해결하려는 구체적인 지향을 담고 있다.

요컨대, 박지원은 현실을 비판적으로 바라본 문장가였고, 정약용은 학문을 통해 사회를 새롭게 세우려 한 학자였다. 연암이 자연과학과 문학으로 세상을 바꾸려 했다면, 다산은 경전의 재해석을 통해 새로운 기반을 다졌다.

두 사람의 글쓰기 태도도 뚜렷이 달랐다.

사마천의 《사기》를 읽을 때, 연암은 '사마천의 마음을 읽으라' 했다. 다산은 '연표를 꼼꼼히 살피라' 했다. 연암은 '사물을 제대로 보기 위해 마음을 비우라' 했다. 다산은 '글을 쓰려면 속을 채우라' 했다. 연암은 시를 거의 남기지 않았으나, 다산은 일기처럼 많은 시를 남겼다. 연암은 글쓰기의 요령을 가르쳤고, 다산은 문장 기술만 따지는 학문을 경계했다. 연암은 문장가로, 다산은 학자로 두드러졌다.

벼슬 이름, 땅 이름은 서로 빌려 쓸 것이 못 됩니다. 나무를 지고 다니면서 소금을 사라고 외친다면 종일 가도 나무 한 짐 팔지 못할 것입니다. 만약에 임금이 사는 곳을 모조리 장안(중국 한나라의 수도)이라 하고 역대 가장 높은 직위를 깡그리 승상이라고 부른다면 이름과 실제가 혼란스러워 도리어 속되고 비루하게 됩니다. 이것은 곧 이름만 놀라운 진 공이요, 남의 찡그린 얼굴을 흉내 내는 동시입니다.

글을 짓는 사람은 아무리 비루해도 이름을 숨기지 말아야 하고 아무리 속되더라도 실제 사실을 파묻어 버려서는 안 됩니다.

—198쪽, 박지원, '이름을 숨기지 말아야 하고'

나랏일을 걱정하지 않으면 시가 아니고, 어지러운 시국을 가슴 아파하지 않으면 시가 아니다. 옳은 것을 찬양하고 악한 것을 미워하지 않으면 시가 아니다. 그러므로 사상이 확고하지 못하고 학문에서 바른길을 찾지 못하며, 사람의 도리를 알지 못하고, 백성을 걱정하는 마음이 깊지 못하면 시를 쓸 수가 없다.

—240쪽, 정약용, '시를 쓰는 마음가짐'

연암과 다산의 생각은 겉으로는 달라 보이지만 서로를 보완한다.

연암은 현실 속 삶이 문학의 뿌리이자 토양이라 보았다.

다산은 여기에 세계관과 학문, 인간성의 수양을 더했다. 다산은 문장은 밖에서 빌려오는 것이 아니라 마음과 행실에서 자라나는 것이라 했다.

문장이란 나무에 꽃이 피는 것과 같다. 나무를 심을 때 우선 뿌리에 북을 주고 줄거리를 바로 세워 주어야 한다. 그리하여 진액이 오르고 가지와 잎이 무성해지면 거기에서 꽃이 핀다. 그러므로 나무를 잘 가꾸지도 않고 꽃만 보려고 서둘러서는 안 된다.

나무뿌리를 북돋우듯 자기 마음을 바로잡고, 줄거리를 바로 세우듯 자기 몸을 수양하고, 진액이 통하듯 경전을 깊이 연구해야 한다. 가지와 잎이 무성하듯 학식을 넓히고 기교를 연마하여 마음속에 든든하게 쌓은 다음에 마음에 품은 것을 표현하면 곧 글이 된다. 사람들이 보고 훌륭한 문장이라고 말할 것인 바, 이것이 진정한 문장이다. 문장의 길만을 따로 떼어서 성급하게 구할 수는 없을 것이다.

—238쪽, 정약용, '훌륭한 문장, 진정한 문장'

솔직한 자기 목소리

'세한도'로 잘 알려진 추사 김정희는 글쓰기의 출발을 '자기를 속이지 않는

일'에서 찾았다. 지나치거나 사실과 어긋난 칭송을 부끄러워 해야 하며, 이는 선비 개인의 문제를 넘어 문학을 하는 태도이기도 하다.

문학에 뜻을 두는 사람들이 첫째로 조심할 것은 자기를 속이지 않는 것이다. 김정희는 자기를 속이지 않는 것에서 출발하면 마음이 이치에 가닿고 관찰력이 환하게 밝아지며, 이렇게 하면 글을 잘 쓰게 된다고 했다. 참된 글은 다른 사람에게서 구하지 말고 자기에게서 찾아야 한다.

오늘, 고전을 읽어야 하는 까닭

두 팀이 치열하게 맞붙은 야구 경기가 끝났다. 승리를 이끈 선수에게 기자가 물었다.

"운동을 하면서 어렵고 힘든 순간을 이겨내는 비결이 있나요?"

선수는 연신 땀방울을 수건으로 닦으면서 잠깐 숨을 고르고 대답했다.

"틈이 나면 고전을 읽어요. 게임을 하거나 만화를 보는 것보다 찬찬히 글을 읽다 보면 자신을 더 냉정하게 살필 수 있고, 어려움을 이겨 내는 데 도움이 많이 되거든요."

뜻밖의 대답이었다. 그러나 '고전을 왜 읽는가?'에 대한 설득력 있는 답이기도 했다.

고전은 제목을 들어 알고 있지만 막상 읽기 어렵다고들 한다. 그러나 한번 도전해 보면 생각보다 재미있고 유익하다. 지난 시대 글에 담긴 뜻을 곱씹다 보면 시간과 공간을 뛰어넘어 그 의미가 오늘 우리들 마음을 흔든다.

오래전에 쓰인 글을 지금 우리가 읽어야 하는 까닭은 분명하다. 옛날은 그때의 지금이며, 지금은 앞으로 올 때의 옛날이다. 다만 옛것을 안다고 해서 곧장 오늘 살아가는 힘이 되지는 않는다. 지금 우리에게 필요한 것은 지혜, 진실, 감동, 상상력, 공감하는 능력이다. 이런 덕목은 문학과 예술의 힘에서 나온다.

선비는 멀리 여러 곳을 여행해야 하는가? 생각건대 수만 권의 책을 읽으면 문밖에 나서지 않고도 천하 고금의 일을 알 수 있는데 반드시 먼 여행을 해야 하는가?

그러면 선비는 먼 곳으로 여행을 가지 말아야 하는가? 나라의 사명을 띠고 사방으로 다니면서 산천을 유람하면 문장과 기백을 더욱 장하게 할 수 있는데 어찌 먼 여행을 하지 않겠는가?

수만 권 책을 읽어 근본을 다지고 여러 고장을 여행하여 쓸 만한 능력을 기르고, 그런 뒤에 자신에게 주어진 임무를 충분히 다할 수 있다.

—96쪽, 서거정, '책도 읽고 여행도 하기를'

서거정의 말처럼 고전을 읽는 일은 삶의 근본을 다지는 일이며, 먼 여행 만큼 신나고 놀라운 경험을 준다. 예전에는 선비에게만 허락되었지만 지금은 누구나 고전을 읽을 수 있다. 청소년은 고전을 만나 그 속에서 생각하고 놀며 성장할 수 있다.

글을 읽으며 여행하는 시간, 곧 자신을 성찰하는 시간은 우리를 이전과는 다른 사람으로 만든다. 눈앞을 스쳐 가는 영상과 달리, 느리게 다가오는 글자와 함께 보내는 시간은 그래서 더욱 귀하고 소중하다.

만남 7

우리 겨레의 미학 사상

청소년들아, 옛 선비를 만나자

2025년 11월 17일 1판 1쇄 펴냄

글쓴이 최행귀, 이인로, 임춘, 이규보, 최자, 이제현, 서거정, 김시습, 성현, 차천로,
유몽인, 이수광, 신흠, 허균, 김만중, 김창협, 김창흡, 김춘택, 이익, 홍양호, 홍대용,
박지원, 이덕무, 박제가, 남공철, 정약용, 조수삼, 김려, 홍석주, 김정희, 이상적
옮긴이 리철화, 류수 외
다시쓴 이 박종호 | **표지 그림** 박영신

편집 김누리, 김성재, 임헌, 천승희
디자인 이종희 | **제작** 심준엽
영업마케팅 심규완, 윤민영 | **영업관리** 안명선
새사업부 조서연 | **경영지원실** 김세정
인쇄와 제본 ㈜상지사 P&B

펴낸이 윤구병 | **펴낸 곳** ㈜도서출판 보리
출판등록 1991년 8월 6일 제9-279호
주소 (10881) 경기도 파주시 직지길 492
전화 031-955-3535 | **전송** 031-950-9501
누리집 www.boribook.com | **전자우편** bori@boribook.com

© 보리, 2025

ISBN 979-11-6314-436-6 44810
ISBN 978-89-8428-629-0 (세트)